U0165772

แบบฝึกหัดทักษะการอ่านภาษาจีน ระดับต้น (ฉบับภาษาไทย)

華語文閱讀測驗

初級篇
ระดับต้น

泰語版

ผู้เขียน รศ.ดร.หยาง ซิ่ว ฮุ่ย 楊琇惠 ——著 Cristina Yang
ผู้แปล นายโอฬาร สุมนานุสรณ์ 林漢發 ——譯 Olan Linhanfa

五南圖書出版公司 印行

序

　　在耕耘華語教材十二年之後的今天，終於有機會跨出英文版本，開始出版越語、泰語及印尼語三種新版本，以服務不同語系的學習者。此刻的心情，真是雀躍而歡欣，感覺努力終於有了些成果。

　　這次之所以能同時出版三個東南亞語系的版本，除了要感謝夏淑賢主任、林漢發老師、劉文華老師（泰語）、李良珊老師（印尼語）及陳瑞祥雲老師（越南語）的翻譯外，最主要的，還是要感謝五南圖書出版社！五南帶著社企的精神，一心想要回饋社會，想要為臺灣做點事，所以才能促成此次的出版。五南的楊榮川董事長因為心疼許多嫁到臺灣的新住民以及東南亞語系的朋友，因為對臺灣語言、文化的不熟悉，導致適應困難，甚至自我封閉。有鑑於此，便思考當如何才能幫助來到寶島和我們一起生活，一起養兒育女的新住民以及東南亞語系的朋友，讓他們能早日融入這個地方，安心地在這裏生活，自在地與臺灣人溝通，甚至教導下一代關於中華文化的種種，思索再三，還是覺得必須從語言文化下手，是以不計成本地開闢了這個書系。

　　回想半年前，當五南的黃惠娟副總編跟筆者傳達這個消息時，內心實在是既興奮又激動，開心之餘，感覺有股暖流在心裡盪漾。是以當下，筆者便和副總編一同挑選了五本適合新住民以及東南亞語系的朋友的華語書籍，當中除了有基礎會話，中級會話的教學外，還有些著名的中國寓言，及實用有趣的成語專書，可以說從最基礎到高級都含括了。希望新住民以及東南亞語系的朋友能夠透過這個書系，來增進華語聽、說、讀、寫的能力，讓自己能順利地與中華文化接軌。

　　這是個充滿愛與關懷的書系，希望新住民以及東南亞語系的朋友能感受到五南的用心，以及臺灣人的熱情。在研習這套書後，衷心期盼新住民及東南亞語系的朋友能和我們一起愛上這個寶島，一同在這個島上築夢，並創造屬於自己的未來。

楊琇惠

民國一〇五年十一月十九日
於林口臺北新境

คำนำผู้เขียน

หลังจากที่มีการพัฒนาแบบเรียนภาษาจีนกว่า 12 ปี ในที่สุดก็สามารถก้าวข้ามฉบับภาษาอังกฤษ และเริ่มตีพิมพ์ในฉบับภาษาเวียดนาม ภาษาไทย และภาษาอินโดนิเซีย เพื่อตอบโจทย์ผู้เรียนภาษาต่างๆ จนถึงวันนี้ หลังจากความพยายามอย่างยาวนานจนสามารถตีพิมพ์ออกมาได้เป็นรูปธรรม ทำให้เรารู้สึกปลื้ม ปิติอย่างมาก

การจัดทำหนังสือชุดนี้ในฉบับภาษาเอเชียตะวันออกเฉียงใต้ 3 ภาษาครั้งนี้ ต้องขอขอบคุณ อาจารย์รพีพร เพ็ญเจริญกิจ อาจารย์โอฬาร สุมนานุสรณ์ อาจารย์ญาณินท์ ทัศนะบรรจง อาจารย์ Li Liang Shan และอาจารย์ Trần Thụy Tường Vân ที่ช่วยแปลหนังสือ สิ่งที่สำคัญกว่านั้น คือ ต้องขอบคุณสำนักพิมพ์ Wunan ที่คอยสนับสนุนและด้วยความต้องการที่จะสร้างประโยชน์ให้ กับสังคมไต้หวัน จึงสามารถสำเร็จลุล่วงเป็นอย่างดี โดยเฉพาะคุณหยางหย่งชวน ประธานบริษัท Wunan ที่ห่วงใยผู้ย้ายถิ่นฐานใหม่และชาวต่างชาติจากเอเชียตะวันออกเฉียงใต้ที่พำนักในไต้หวัน พวกเขาอาจไม่รู้จักภาษาและวัฒนธรรมไต้หวันดีนัก ปรับตัวค่อนข้างยาก บางคนถึงขั้นเก็บตัว ด้วยเหตุนี้ จึงเป็นที่มาของหนังสือชุดนี้ ที่จะช่วยเตรียมความพร้อมด้านภาษาและวัฒนธรรม เป็นเครื่องมือที่จะช่วยผู้ย้ายถิ่นฐานใหม่และชาวต่างชาติจากเอเชียตะวันออกเฉียงใต้สามารถดำรงชีวิตร่วม กันในสังคมไต้หวันอย่างเป็นสุข ทุกคนร่วมกันดูแลและเลี้ยงดูลูกหลานของพวกเขา และสามารถสื่อสารกับคนไต้หวันได้ รวมถึงการให้ความรู้ความเข้าใจต่อวัฒนธรรมจีน

นึกถึงเมื่อครึ่งปีก่อน ที่คุณหวง ฮุ่ย เจวียน รองบรรณาธิการได้ติดต่อมาเพื่อจัดทำหนังสือชุดนี้ ในใจนั้นรู้สึกดีใจและตื่นเต้น ราวกับลมเย็นที่พัดผ่านเข้าในหัวใจ ในเวลานั้น ผู้เขียนกับรองบรรณาธิการได้ คัดสรรหนังสือจำนวน 5 เล่มที่เหมาะสมกับผู้ย้ายถิ่นฐานใหม่และชาวต่างชาติจากเอเชียตะวันออกเฉียงใต้ นอกจากหนังสือการสนทนาพื้นฐานและระดับกลางแล้ว ยังมีหนังสือที่เกี่ยวกับสำนวนและสุภาษิตจีนอีกด้วย ดังนั้น จะเห็นว่าเนื้อหาครอบคลุมตั้งแต่ระดับพื้นฐานจนถึงระดับสูง หวังว่าเพื่อนๆ ผู้ย้ายถิ่นฐานใหม่และชาว ต่างชาติจากเอเชียตะวันออกเฉียงใต้จะใช้หนังสือเหล่านี้ พัฒนาทักษะการฟัง พูด อ่านและเขียนภาษาจีน ซึ่งจะช่วยให้สามารถเข้าถึงวัฒนธรรมจีนได้เป็นอย่างดี

หนังสือชุดนี้ที่เต็มเปี่ยมไปด้วยความรักและความห่วงใย หวังว่าผู้ย้ายถิ่นฐานใหม่และชาวต่างชาติ
จากเอเชียตะวันออกเฉียงใต้จะสัมผัสได้ถึงความตั้งใจของสำนักพิมพ์ Wunan และความเป็นมิตรของ
คนไต้หวัน หลังจากที่ท่านได้ศึกษาหนังสือชุดนี้แล้ว เราปรารถนาให้ทุกท่านมาร่วมกันหวงแหนเกาะแห่งนี้
ร่วมสร้างฝันและสร้างอนาคตของท่านไปด้วยกัน

รศ.ดร.หยาง ซิ่ว ฮุ่ย (Cristina Yang)
วันที่ 19 พฤษภาคม 2016
ณ ไทเปซินจิ้ง เขตหลินโขว

　　「華語文能力測驗」為一種「外語／第二語言能力測驗」。主要的測驗對象為母語不是華語的各界人士。此測驗共分為基礎、初等、中等和高等四個等級。

　　作者依學生程度的高低及不同需求，擬計畫出版三本閱讀測驗。本書是專為學習華語一年左右的初級生所設計的，日後會再陸續出版高級的閱讀測驗讀本。

　　這是一本以「實用、活潑、創新」為編寫宗旨的教材。

　　期使經由本書，不僅可供你參加華語文測驗，亦可成為學生自修、老師任教的好教材。

　　特點如下：

1. 內容：本書以學生在日常生活中可能遇到的生活情境，將課文分成表格、對話、短文等三大篇。例如「表格篇」，即包括租屋廣告、學校通知單、餐廳價目表……等，試圖以多元的生活內容，貼近及增進學生的閱讀能力。篇篇精彩，篇篇實用！

2. 編排：每課內文是以課文、問題及單字的順序呈現。會將單字放在最後，是為了能讓學生在課後能進行自我測驗。

คำนำสำนักพิมพ์

Test Of Chinese as a Foreign Language (TOCFL) เป็นการทดสอบระดับภาษาจีนในฐานะภาษาต่างประเทศ หรือภาษาที่ 2 กลุ่มเป้าหมายเป็นบุคคลที่ไม่ใช้ภาษาจีนเป็นภาษาแม่ การสอบวัดระดับภาษาจีน (TOCFL) แบ่งเป็น 4 ระดับ ได้แก่ ระดับพื้นฐาน ระดับต้น ระดับกลาง และระดับสูง

ผู้เขียนได้แบ่งตำราชุดนี้เป็น 3 เล่ม โดยแบ่งจากระดับความยากง่ายของผู้เรียน หนังสือเล่มนี้จึงออกแบบเพื่อ ที่เรียนภาษาจีนมาแล้วประมาณ 1 ปี สำหรับตำราระดับสูงได้จัดพิมพ์ในเล่มถัดไป

หนังสือเล่มนี้เป็นตำราที่ออกแบบภายใต้แนวคิด "ใช้งานได้จริง เนื้อหาสนุกสนาน และสร้างสรรค์" ดังนั้น เล่มนี้จึงไม่เพียงใช้สำหรับเตรียมสอบวัดระดับภาษาจีน ทั้งยังสามารถใช้เป็นแบบเรียนที่ผู้เรียนไว้เรียนรู้ด้วยตัวเอง หรือครูผู้สอนไว้ใช้สอนภาษาจีนได้เช่นกัน

ลักษณะเด่นของตำราเล่มนี้ ประกอบด้วย

ด้านเนื้อหา เล่มนี้มีเนื้อหาที่เป็นเรื่องราวในชีวิตประจำวัน แบ่งบทเรียนในรูปแบบ ตาราง บทสนทนา และบทความสั้น เช่น ในส่วนของเนื้อหาที่เป็น "ตาราง" ประกอบด้วย โฆษณาบ้านเช่า ประกาศของโรงเรียน ราคาอาหารในร้านอาหาร เป็นต้น เนื้อหาที่หลากหลายและใช้งานได้จริง จะเสริมสร้างให้ผู้เรียนสามารถพัฒนาทักษะการอ่านได้เร็วขึ้น

ด้านการจัดเรียงของบทเรียน ในแต่ละบทจะมีบทเรียน แบบทดสอบ และคำศัพท์ตามลำดับ โดยการจัดวางคำศัพท์ไว้ด้านหลังสุด เพื่อจะให้ผู้เรียนสามารถทบทวนและทดสอบหลังจากอ่านบทเรียนเสร็จแล้ว

CONTENTS 目錄

目錄 CONTENTS

CONTENTS 目錄

録目 CONTENTS

單元一　表單

一. 通 知
tōngzhī

(一) 兩則通知
liǎngzé tōngzhī

(A)

2011/4/18

通 知
tōngzhī

4/25(一) 開 始
kāishǐ

「初 級 英 文 課」在C301
chūjí   yīngwénkè   zài

教 室 上 課。
jiàoshì   shàngkè

英 文 系   辦 公 室
yīngwénxì   bàngōngshì

(B)

2011/4/20

通　知
tōngzhī

王　小英　老師 今 天 感 冒，
Wáng　Xiǎoyīng　lǎoshī　jīntiān　gǎnmào

下 午 「中 文 課」 停 課 一 次，
xiàwǔ　zhōngwénkè　tíngkè　yícì

請　同 學　互 相　轉 告。
qǐng　tóngxué　hùxiāng　zhuǎngào

中 文 系　　辦 公 室
zhōngwénxì　　bàngōngshì

(二)問題
wèn tí

＿＿＿＿＿ 1. 學生4/18的時候最可能會在哪裡看到(A)這則通知？
　　　　　　(A) 校長的辦公室
　　　　　　(B) C301教室
　　　　　　(C) 初級英文課的教室
　　　　　　(D) 學校門口

＿＿＿＿＿ 2. 如果學生想要知道「為什麼在C301教室上課」，可以去哪裡
　　　　　 問？
　　　　　　(A) 英文系的辦公室
　　　　　　(B) C301教室
　　　　　　(C) 中文系的辦公室
　　　　　　(D) 初級英文課的教室

———— 3. 通知(B)想要告訴學生的是什麼？
(A) 告訴學生「今天的日期」
(B) 告訴學生「要上什麼課」
(C) 告訴學生「今天不用上課」
(D) 告訴學生「王老師做了什麼事情」

———— 4. 通知(B)希望學生做什麼事情？
(A) 請學生上別的老師的中文課
(B) 告訴王小英老師今天不用上課
(C) 告訴看到通知的同學王小英老師感冒了
(D) 告訴沒看到通知的同學今天不用上中文課

———— 5. 下面哪一個正確？
(A) 4/25的初級英文課不用上課
(B) 4/18的初級英文課在C301教室上課
(C) 4/20以後學生不用上中文課
(D) 4/20那一天王小英老師不能上課

(三)生 詞
shēngcí

	生詞	漢語拼音	文意解釋
1	通知	tōngzhī	ประกาศ
2	則	zé	ฉบับ (ลักษณนาม)
3	初級	chūjí	ระดับต้น
4	英文系	yīngwénxì	สาขาวิชาภาษาอังกฤษ
5	停課	tíngkè	งดคาบเรียน
6	互相	hùxiāng	ซึ่งกันและกัน
7	轉告	zhuǎngào	ส่ง(สาร)ต่อ บอกต่อ
8	中文系	zhōngwénxì	สาขาวิชาภาษาจีน

二. 出租房子
chūzū　fángzi

出 租
chūzū

近 臺灣大學 / 電梯大樓 九樓
jìn Táiwāndàxué diàn tī dàlóu jiǔlóu

兩 房 一 廳 一 衛
liǎngfáng yìtīng yíwèi

月 租 一 萬 元
yuèzū yíwànyuán

全 新 裝 潢
quánxīnzhuānghuáng

看屋 請 先 來電
kànwū qǐngxiān láidiàn

電 話：(02)29876543
diànhuà
或0911234567林 先 生
huò Lín xiānshēng

(二)問 題
wèn tí

———— 1. 誰想出租房子？

　　(A) 林先生

　　(B) 李太太

　　(C) 王老師

　　(D) 陳同學

———— 2. 如果有人想租一年的房子，要給多少錢？

　　(A) 10,000

　　(B) 60,000

　　(C) 100,000

　　(D) 120,000

———— 3. 這間房子的附近有什麼？

　　(A) 學校

　　(B) 公園

　　(C) 公車站

　　(D) 郵局

———— 4. 下面哪一個正確？

　　(A) 屋子的裝潢是舊的

　　(B) 要看屋只能爬樓梯上樓

　　(C) 兩支電話都可以找到林先生

　　(D) 屋子只能租一個月

———— 5. 如果有人想要看屋，他必須先做什麼？

　　(A) 打電話給林先生

　　(B) 寫e-mail給林先生

　　(C) 幫林先生裝潢屋子

　　(D) 直接去電梯大樓找林先生

(三)生 詞
shēngcí

	生詞	漢語拼音	文意解釋
1	租	zū	เช่า
2	電梯	diàntī	ลิฟต์
3	廳	tīng	ห้องนั่งเล่น
4	衛	wèi	ห้องอาบน้ำ
5	月租	yuèzū	ค่าเช่ารายเดือน
6	全新裝潢	quánxīnzhuānghuáng	ตกแต่งใหม่ทั้งหมด
7	來電	láidiàn	มีสายเข้า

三. 商店徵人
shāngdiàn zhēng rén

㈠廣告
guǎnggào

【Oh Yeah 商店】
shāng diàn

徵
zhēng

早 晚 班　工 作 人 員
zǎowǎnbān　　gōngzuòrényuán

有 經 驗　尤 佳
yǒujīngyàn　yóujiā

男 女 皆 可　年　齡：20～35
nánnǔjiēkě　　niánlíng

活 潑・熱 情・負 責
huópō　rèqíng　fùzé

- ●

★早 班 9：00～15：30 ★晚 班 15：30～22：00
zǎobān　　　　　　　　　wǎnbān

- -

有 意 者 請 E-mail 履歷 至：iwantyou@coldmail.com
yǒuyìzhě qǐng　　　　lǚlì zhì

或　來 電：(02)1234-5678 洽　林　先　生
huò　láidiàn　　　　　　　　qià　Lín　xiānshēng

(二)問題
wèn tí

———— 1. 下面哪個人可以應徵這份工作？
　　(A) 林小姐，25歲
　　(B) 王先生，38歲
　　(C) 陳先生，42歲
　　(D) 劉小姐，16歲

———— 2. 如果你每天下午三點下課，想做這個工作，什麼時候可以？
　　(A) 晚班
　　(B) 早班
　　(C) 都可以
　　(D) 都不行

———— 3. 下面哪個人不是這間店想要找的人？
　　(A) 喜歡和人說話的小強
　　(B) 準時完成工作的劉先生
　　(C) 不愛說話的美美
　　(D) 愛關心別人的林小姐

———— 4. 「有經驗尤佳」這句話，你覺得是什麼意思？
　　(A) 有沒有一樣的工作經驗並沒有關係
　　(B) 以前如果有一樣的工作經驗，比較容易得到這份工作
　　(C) 以前沒有一樣的工作經驗，比較容易得到這份工作
　　(D) 得到這份工作，可以學習到很多的經驗

———— 5. 以下哪一個是「履歷」中最不可能出現的？
　　(A) 電話
　　(B) 以前做過的工作
　　(C) 照片
　　(D) 喜歡吃的東西

(三) 生 詞
shēngcí

	生詞	漢語拼音	文意解釋
1	徵	zhēng	รับสมัคร
2	經驗	jīngyàn	ประสบการณ์
3	尤佳	yóujiā	ชื่นชอบ (มากกว่า)
4	活潑	huópō	ร่าเริง
5	熱情	rèqíng	กระตือรือร้น
6	負責	fùzé	มีความรับผิดชอบ
7	來電	láidiàn	มีสายเข้า
8	有意者	yǒuyìzhě	ผู้ที่สนใจ
9	履歷	lǚlì	ประวัติส่วนตัว (เรซูเม่)
10	至	zhì	ไปยัง ถึง
11	洽	qià	ติดต่อกับ

四. 標 語
biāoyǔ

A

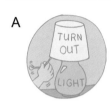

請 隨 手 關 燈
qǐng suíshǒu guāndēng

_____ 1. 圖A上面這幾個字的意思是？

　　㈀ 請不要開燈

　　㈁ 請記得開燈

　　㈂ 請不要關燈

　　㈃ 請記得關燈

B

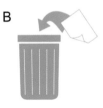

請 留下 您 的 足跡，不 要 留 下 垃圾
qǐng liúxià nín de zújī　　búyào liúxià lèsè

_____ 2. 你做什麼事情的時候可能會看到圖B？

　　㈀ 上課

　　㈁ 吃飯

　　㈂ 爬山

　　㈃ 倒垃圾

C  室 內 與 公 共 場 所 禁 止 抽 菸
shìnèi yǔ gōnggòngchǎngsuǒ jìnzhǐ chōuyān

_____ 3. 圖C 不可以在哪裡抽菸？

(A) 教室

(B) 公園

(C) 餐廳

(D) 以上皆是

D  保 護 環 境，人 人 有 責
bǎohù huánjìng rénrén yǒuzé

_____ 4. 圖D 這幾個字希望大家做什麼事情？

(A) 天天開冷氣

(B) 不要關燈

(C) 不要隨便留下垃圾

(D) 帶走公園裡的花

E  水 深 危 險，禁 止 游 泳
shuǐshēnwéixiǎn jìnzhǐ yóuyǒng

_____ 5. 圖E 這張圖告訴你什麼事情？

(A) 在這裡游泳很危險，不可以在這裡游泳

(B) 在這裡可以游泳

(C) 這裡沒有水，所以不能游泳

(D) 在這裡只能游泳，不可以做其他事情

(二) 生 詞
shēngcí

	生詞	漢語拼音	文意解釋
1	標語	biāoyǔ	สโลแกน คำขวัญ
2	隨手	suíshǒu	โปรด(ทำ)
3	足跡	zújī	รอยเท้า
4	垃圾	lèsè	ขยะ
5	室內	shìnèi	ในร่ม ในห้อง
6	公共場所	gōnggòngchǎngsuǒ	พื้นที่สาธารณะ
7	禁止	jìnzhǐ	ห้าม
8	抽菸	chōuyān	สูบบุหรี่
9	保護環境人人有責	bǎohùhuánjìng rénrényǒuzé	การอนุรักษ์สิ่งแวดล้อมเป็นหน้าที่ของทุกคน
10	水深危險	shuǐshēnwéixiǎn	อันตราย น้ำลึก

五．書店
shūdiàn

(一)廣告
guǎnggào

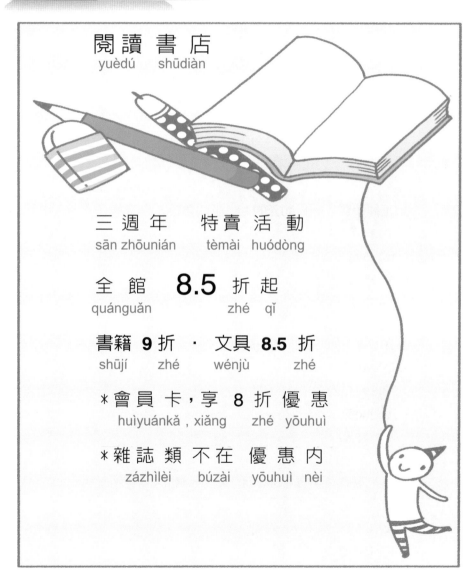

閱讀書店
yuèdú　shūdiàn

三週年　特賣活動
sān zhōunián　tèmài huódòng

全館　**8.5** 折起
quánguǎn　　　zhé qǐ

書籍 **9** 折　·　文具 **8.5** 折
shūjí　zhé　　wénjù　　zhé

＊會員卡，享 **8** 折優惠
huìyuánkǎ , xiǎng　zhé yōuhuì

＊雜誌類不在優惠內
zázhìlèi　búzài　yōuhuì nèi

(二) 問題
wèntí

_____ 1. 這是一間賣什麼東西的店？

(A) 麵包

(B) 書

(C) 食物

(D) 衣服

_____ 2. 這間店為什麼要打折？

(A) 要關門了

(B) 要搬家了

(C) 慶祝這間店開了三年

(D) 沒有客人想去這家店

_____ 3. 王同學買了一枝40元的筆，請問要給多少錢？

(A) 34元

(B) 35元

(C) 30元

(D) 32元

_____ 4. 李先生想買一本200元的汽車雜誌，請問要給多少錢？

(A) 180元

(B) 170元

(C) 200元

(D) 175元

_____ 5. 有一個會員，買了500元的東西，請問要給多少錢？

(A) 475元

(B) 425元

(C) 450元

(D) 400元

(三)生 詞
shēngcí

	生詞	漢語拼音	文意解釋
1	書店	shūdiàn	ร้านหนังสือ
2	週年	zhōunián	ครบรอบ
3	特賣活動	tèmài huódòng	กิจกรรมส่งเสริมการขาย
4	折	zhé	ส่วนลด
5	書籍	shūjí	หนังสือ
6	文具	wénjù	เครื่องเขียน
7	會員卡	huìyuánkǎ	บัตรสมาชิก
8	享	xiǎng	ได้รับ
9	雜誌	zázhì	นิตยสาร
10	優惠	yōuhuì	สิทธิพิเศษ

六. 高鐵
gāotiě

(一) 車 票
chēpiào

單 程 票
dānchéngpiào
2011/08/07

車 次/Train 408
chēcì

台北 Taipei
09:54

➡ 台中 Taichung
10:50

標 準 廂
biāozhǔnxiāng

乘 客/PSGR 1
chéngkè

車 廂/car 4
chēxiāng

座 位/seat 13A
zuòwèi

NT 700 現 金
xiànjīn

成 人
chéngrén

11-1-22-0-11-0603

2011/06/01發 行
fāxíng

背面朝上 插入票口

(二) 問題
wèntí

_____ 1. 這張車票的開車日期是？
  (A) 2011/08/07
  (B) 2011/06/01
  (C) 2011/01/22
  (D) 2011/06/03

_____ 2. 出發的地點是哪裡？
  (A) 台北
  (B) 台中
  (C) 台北或台中都可以
  (D) 不一定

———— 3. 這張車票可以使用幾次？
(A) 1次
(B) 2次
(C) 3次
(D) 不一定

———— 4. NT2,000元可以買到幾張成人車票？
(A) 1張
(B) 2張
(C) 3張
(D) 4張

———— 5. 如果林先生想在下午一點以前到台中，他應該買哪個車次的車票比較好？

	車次	台北開車時間
(A)	151	11:39
(B)	645	12:21
(C)	657	12:45
(D)	701	13:00

(三) 生 詞
shēngcí

	生詞	漢語拼音	文意解釋
1	高鐵	gāotiě	รถไฟความเร็วสูง
2	車票	chēpiào	บัตรโดยสาร
3	單程票	dānchéngpiào	บัตรโดยสารเที่ยวเดียว
4	車次	chēcì	เลขขบวน(รถไฟ)
5	標準廂	biāozhǔnxiāng	ตู้โดยสารมาตรฐาน
6	乘客	chéngkè	ผู้โดยสาร
7	車廂	chēxiāng	ตู้โดยสาร
8	座位	zuòwèi	ที่นั่ง
9	現金	xiànjīn	เงินสด
10	發行	fāxíng	จัดจำหน่าย

七. 火 鍋 店
huǒguōdiàn

好 好 吃 吃 到 飽 火 鍋 店 價 目 表 hǎohǎochī chīdàobǎo huǒguōdiàn jiàmùbiǎo		
平日午餐 píngrì wǔcān	大人 dàrén	299
	兒童 értóng	149
平日晚餐 píngrì wǎncān	大人 dàrén	399
假日 jiàrì	兒童 értóng	199

飲料、冰淇淋、 水 果
yǐnliào bīngqílín shuǐguǒ
全 部 吃 到 飽！
quánbù chīdàobǎo
（酒類 除 外）
jiǔlèi chúwài

◎用 餐 時 間 90 mins
　yòngcān shíjiān

◎兒 童：100-140 cm
　értóng

　免 費：100 cm 以下
　miǎnfèi　　　　yǐxià

◎午 餐 時 間 11：00-16：30
　wǔcān shíjiān

　晚 餐 時 間 16：30-21：00
　wǎncān shíjiān

———— 1. 林先生平日下午三點去吃火鍋，請問他要給多少錢？

　　(A) 299

　　(B) 399

　　(C) 329

　　(D) 439

———— 2. 晚上八點，林先生帶著五個月大的兒子去吃火鍋，請問一共要多少錢？
(A) 299
(B) 448
(C) 399
(D) 598

———— 3. 下面哪一樣東西不是吃到飽？
(A) 可樂
(B) 冰淇淋
(C) 蘋果
(D) 啤酒

———— 4. 王先生全家從晚上七點開始吃火鍋，他們最晚可以吃到幾點?
(A) 七點半
(B) 八點
(C) 八點半
(D) 九點

———— 5. 我們不能從價目表知道什麼？
(A) 火鍋店的名字
(B) 火鍋店的地址
(C) 用餐時間
(D) 吃火鍋該給多少錢

(三) 生 詞
shēngcí

	生詞	漢語拼音	文意解釋
1	火鍋店	huǒguōdiàn	ภัตตาคารหม้อไฟ
2	吃到飽	chīdàobǎo	บุฟเฟต์
3	價目表	jiàmùbiǎo	ตารางราคา
4	平日	píngrì	วันธรรมดา
5	大人	dàrén	ผู้ใหญ่
6	兒童	értóng	เด็ก
7	假日	jiàrì	วันหยุด
8	用餐時間	yòngcānshíjiān	เวลารับประทานอาหาร
9	以下	yǐxià	ภายใต้ ต่อไปนี้
10	免費	miǎnfèi	ฟรี
11	酒類	jiǔlèi	เครื่องดื่มแอลกอฮอล์
12	除外	chúwài	ยกเว้น

八. 學 生 生 活 備 忘 錄
xuéshēng　shēnghuó　bèiwànglù

(一)備忘錄
bèiwànglù

4/18（三）　　備 忘 錄
bèiwànglù

9：00　　中 文 課 考 試
zhōngwén kè　kǎoshì

11：30　　聚 餐
jùcān

18：30　　參 加 運 動　比 賽
cānjiā　yùndòng　bǐsài

★ 小 王 約 中 午 看 電 影 ，回 電 拒 絕！
Xiǎowáng yuē zhōngwǔ kàndiànyǐng,　huídiàn jùjué

★ 買 牛 奶
mǎi　niúnǎi

★ 週 末 和 家 人 聚 餐
zhōumò　hé　jiārén　jùcān

★ 寄 信
jìxìn

(二)問題
wèntí

_____ 1. 今天是4月18日，請問週末可能是哪一天？

　　(A) 4月23日

　　(B) 4月20日

　　(C) 4月21日

　　(D) 4月19日

_____ 2. 「備忘錄」最不可能有什麼東西？

　　(A) 和朋友聊天的東西

　　(B) 重要的事

　　(C) 不能忘記的事

　　(D) 容易弄錯的事

_____ 3. 這個人今天不會去什麼地方？

　　(A) 學校

　　(B) 郵局

　　(C) 電影院

　　(D) 超市

_____ 4. 這個人要去的比賽不會是下面哪一個？

　　(A) 滑雪

　　(B) 游泳

　　(C) 籃球

　　(D) 畫畫

_____ 5. 你覺得「回電」是什麼意思？

　　(A) 寫電子郵件

　　(B) 打電話

　　(C) 當面說話

　　(D) 請別人告訴他

㈢生 詞
shēngcí

	生詞	漢語拼音	文意解釋
1	備忘錄	bèiwànglù	บันทึกช่วยจำ
2	中文課	zhōngwén kè	วิชาภาษาจีน
3	考試	kǎoshì	สอบ
4	聚餐	jùcān	รับประทานอาหารร่วมกัน
5	參加	cānjiā	ร่วม (กิจกรรม)
6	比賽	bǐsài	การแข่งขัน
7	看電影	kàn diànyǐng	ดูภาพยนตร์
8	回電	huídiàn	โทรกลับ
9	拒絕	jùjué	ปฏิเสธ
10	買	mǎi	ซื้อ
11	牛奶	niúnǎi	นม
12	週末	zhōumò	สุดสัปดาห์
13	寄信	jìxìn	ส่งจดหมาย

九．好美味餐廳
hǎoměiwèi cāntīng

㈠餐廳 名片
cān tīng míngpiàn

好美味餐廳
hǎoměiwèi cāntīng

地址：台 北 市 大 安 路123號
dìzhǐ：Táiběishì dàānlù hào

電 話：(02)1234-5678
diànhuà

時 間： 中 午12：00 ～ 晚 上10：00
shíjiān：zhōngwǔ wǎnshàng

（每週一休息）
měizhōuyī xiūxí

★三 個 主 餐 以 上 可 外 送
sānge zhǔcān yǐshàng kě wàisòng

〈預 約 請 於 早 上10：00～下午5：00來 電，
yùyuē qǐngyú zǎoshàng xiàwǔ láidiàn,

座 位 保 留10分 鐘〉
zuòwèi bǎoliú fēnzhōng

菜單
càidān

主餐
zhǔcān

飲料
yǐnliào

漢堡：75
hànbǎo

牛肉麵：80
niúròumiàn

薯條：50
shǔtiáo

炸雞：70
zhájī

果汁：35
guǒzhī

紅茶：35
hóngchá

咖啡：35
kāfēi

(二)問題
wèntí

———— 1. 如果想預約這家餐廳，什麼時候打電話比較好？
   (A) AM 9：00
   (B) PM 1：00
   (C) PM 6：00
   (D) PM 8：00

———— 2. 預約的時間是下午三點十五分，下列哪個時間到餐廳，座位就
      不保留了？
   (A) PM 3：15
   (B) PM 3：18
   (C) PM 3：20
   (D) PM 3：30

———— 3. 如果今天是3月18日（星期五），什麼時候這家餐廳休息？
   (A) 3月28日
   (B) 3月20日
   (C) 3月23日
   (D) 3月25日

———— 4. 已經點了一個漢堡和一個炸雞，如果想請餐廳幫你送來，還可
      以再點什麼？
   (A) 紅茶
   (B) 果汁
   (C) 牛肉麵
   (D) 咖啡

———— 5. 一份薯條、一份牛肉麵和兩杯果汁，需要多少錢？
   (A) 185元
   (B) 200元
   (C) 205元
   (D) 220元

(三)生 詞
shēngcí

	生詞	漢語拼音	文意解釋
1	名片	míngpiàn	นามบัตร
2	餐廳	cāntīng	ภัตตาคาร ร้านอาหาร
3	預約	yùyuē	นัดหมาย
4	外送	wàisòng	บริการจัดส่ง (ถึงบ้าน)
5	休息	xiūxí	ปิด หยุด
6	以上	yǐshàng	มากกว่านี้ นอกจากนี้
7	座位	zuòwèi	ที่นั่ง
8	保留	bǎoliú	จอง
9	菜單	càidān	เมนูอาหาร
10	主餐	zhǔcān	อาหารจานหลัก
11	飲料	yǐnliào	เครื่องดื่ม
12	漢堡	hànbǎo	แฮมเบอร์เกอร์
13	炸雞	zhájī	ไก่ทอด
14	薯條	shǔtiáo	เฟรนช์ฟรายส์
15	牛肉麵	niúròumiàn	บะหมี่เนื้อ
16	果汁	guǒzhī	น้ำผลไม้

十.火車
huǒchē

十、火車

29

(一)時刻表
shíkèbiǎo

火車時刻表 huǒchē shíkèbiǎo					
台北 → 高雄 Táiběi Gāoxióng	發車 時間（預計 車程 3小時 30分 鐘）fāchē shíjiān yùjì chēchéng xiǎoshí fēnzhōng				
9:00	12:45	15:00	17:15	＊19:30	21:45
10:30	13:30	15:45	＊18:00	20:15	22:30
12:00	14:15	16:30	＊18:45	21:00	23:15

注意 事 項
zhùyì shìxiàng

		1.「＊」尖 峰 時刻，加開 班次。 jiānfēng shíkè jiākāi bāncì
全 票 quánpiào	300 元 yuán	
學 生 票 xuéshēng piào	200 元 yuán	2.兒童140cm 以下 半票。 értóng yǐxià bànpiào
半 票 bànpiào	150 元 yuán	
軍警 票 jūnjǐng piào	250 元 yuán	

(二)問題
wèntí

_____ 1. 你可能會在哪裡看到這個時刻表？
    (A) 學校
    (B) 醫院
    (C) 車站
    (D) 公園

_____ 2. 林先生想在晚上六點前到高雄，他最晚可以坐幾點的車？

    (A) 15：45

    (B) 13：30

    (C) 15：00

    (D) 14：15

_____ 3. 王先生是警察，想帶他身高135cm的小孩坐車，請問要多少錢？

    (A) 400元

    (B) 450元

    (C) 350元

    (D) 300元

_____ 4. 你覺得「尖峰時刻」是什麼時候？

    (A) 12：00～15：00

    (B) 18：00～20：00

    (C) 16：00～18：00

    (D) 20：00～22：00

_____ 5. 你覺得「加開班次」是什麼意思？

    (A) 坐車的人太少，所以可能不會發車

    (B) 那個時候坐車比較便宜

    (C) 坐車的人太多，所以會多開幾班車

    (D) 那個時候坐車要花比較多時間

(三) 生 詞 shēngcí

	生詞	漢語拼音	文意解釋
1	火車	huǒchē	รถไฟ
2	時刻表	shíkèbiǎo	ตารางรอบรถไฟ
3	發車時間	fāchē shíjiān	เวลาเดินรถ

	生詞	漢語拼音	文意解釋
4	預計	yùjì	ประมาณ
5	車程	chēchéng	ระยะทาง ระยะเวลา (เดินทางโดยรถยนต์)
6	小時	xiǎoshí	ชั่วโมง
7	分鐘	fēnzhōng	นาที
8	注意事項	zhùyì shìxiàng	ข้อควรระวัง
9	全票	quánpiào	บัตรโดยสารราคาปกติ
10	學生票	xuéshēng piào	บัตรโดยสารราคานักเรียน
11	半票	bànpiào	บัตรโดยสารครึ่งราคา
12	軍警票	jūnjǐng piào	บัตรโดยสารสำหรับตำรวจ ทหาร
13	尖峰時刻	jiānfēng shíkè	ช่วงเวลาเร่งด่วน
14	加開班次	jiākāi bāncì	เที่ยวรถเพิ่มพิเศษ
15	兒童	értóng	เด็ก
16	以下	yǐxià	ภายใต้ ดังต่อไปนี้

單元二　對話

十一. 全家人的照片
quánjiārén de zhàopiàn

(一)對話
duìhuà

書　華：這 是 你們 全家人 的 照片 嗎？
Shūhuá　zhèshì　nǐmen　quánjiārén de　zhàopiàn ma

家　明：不 是，這 張 少了 我 姊姊。
Jiāmíng　búshì　zhèzhāng　shǎole　wǒ jiějie

書　華：哇！你 的 爸爸 長 得 好 帥 啊！
Shūhuá　wa　nǐ de　bàba　zhǎngde hǎo shuài a

　　　　他 的 工作 是 什麼？
　　　　tā de　gōngzuò shì shénme

家　明：他 是 中 文 老師。
Jiāmíng　tā shì zhōngwén lǎoshī

書　華：你 的 媽媽 呢？
Shūhuá　nǐ de māma ne？

家　明：跟 我 的 爸爸 一樣 是 老師，
Jiāmíng　gēn wǒ de bàba yíyàng shì lǎoshī

　　　　不 過 她 教 英 文。
　　　　bú guò tā jiāo yīngwén

書　華：這 兩個 男孩子 都 是 你 的 哥哥 嗎？
Shūhuá　zhè liǎngge nánháizi dōushì nǐ de gēge ma

家　明：不是，這個是我的哥哥，他在當醫生。
Jiāmíng　búshì　zhège shì wǒ de gēge　tā zài dāng yīshēng。

　　　　那個是我的弟弟，跟我們一樣是學生。
　　　　nàge shì wǒ de dìdi　gēn wǒmen yíyàng shì xuéshēng。

書　華：所以你們家一共有四個孩子？
Shūhuá　suǒyǐ nǐmenjiā yígòng yǒu sìge háizi？

家　明：對，比你們家少一個。
Jiāmíng　duì　bǐ nǐmenjiā shǎo yíge

(二)問題
wèntí

_____ 1. 家明說：「這張少了我姊姊。」家明的意思是什麼？
　　　(A) 家明沒有姊姊。
　　　(B) 家明的姊姊不在照片裡
　　　(C) 家明的姊姊照片很少
　　　(D) 家明的哥哥很多

_____ 2. 家明的媽媽是？
　　　(A) 學生
　　　(B) 醫生
　　　(C) 英文老師
　　　(D) 中文老師

_____ 3. 家明是他們家第幾個孩子？
　　　(A) 第一個
　　　(B) 第二個
　　　(C) 第三個
　　　(D) 第四個

_____ 4. 下面哪一個正確？

    (A) 家明家一共有6個人

    (B) 書華家一共有4個孩子

    (C) 家明有2個哥哥，一個姊姊

    (D) 書華的爸爸教中文

_____ 5. 家明為什麼說「比你們家少一個」？

    (A) 書華家的孩子比較少

    (B) 家明家的孩子比較多

    (C) 書華家一共有3個孩子

    (D) 書華家比家明家多一個孩子

(三) 生詞
shēngcí

	生詞	漢語拼音	文意解釋
1	全家人	quánjiārén	ทั้งครอบครัว
2	帥	shuài	หล่อ
3	不過	búguò	แต่ อย่างไรก็ตาม
4	當	dāng	เป็น (หน้าที่ อาชีพ)

十二. 在 教室裡
zài jiàoshì lǐ

㈠對 話
duìhuà

家 明：子英，今天 早上 的 數學 考試，
Jiāmíng Zǐyīng jīntiān zǎoshàng de shùxué kǎoshì

妳 考了 幾分？
nǐ kǎole jǐfēn

子 英：一百分。你 怎麼 會問 我 這個 問題？
Zǐyīng yìbǎifēn nǐ zěnme huì wèn wǒ zhèige wèntí

家 明：一百分！好 厲害 啊！我 的 分數 是 妳 的
Jiāmíng yìbǎifēn hǎo lìhài a wǒ de fēnshù shì nǐ de

一半……
yíbàn

子 英：你 如果 有 不懂 的 地方，我 可以 教你。
Zǐyīng nǐ rúguǒ yǒu bùdǒng de dìfāng wǒ kěyǐ jiāo nǐ

只要 你 好好 努力，一個 星期 後 的 考試，
zhǐyào nǐ hǎohǎo nǔlì yíge xīngqí hòu de kǎoshì

你 一定 會 進步 的！
nǐ yídìng huì jìnbù de

家 明：謝謝妳！對了，子英，妳 明天 晚上
Jiāmíng xièxienǐ duìle Zǐyīng nǐ míngtiān wǎnshàng

有 空 嗎？
yǒukòng ma

子　英：明　天？你是說　星期五　晚　上 ⋯⋯
Zǐyīng　　míngtiān　nǐ shì shuō　xīngqíwǔ　wǎnshàng

林老師：家　明！現　在　是　上　課　時　間。請　你看
Línlǎoshī　Jiāmíng　xiànzài　shì　shàngkè shí jiān　qǐng nǐ kàn

　　　　黑　板，不要　聊　天。
　　　　hēibǎn　búyào　liáotiān

家　　明：老師，我們　沒有　聊天，我只是　想　問
Jiāmíng　　lǎoshī　wǒmen　méiyǒu　liáotiān　wǒ zhǐshì　xiǎng wèn

　　　　子英　一個　問題。
　　　　zǐyīng　yíge　wèntí

林老師：你如果　有　問題，應該　問　我，不　是　問
Línlǎoshī　nǐ rúguǒ　yǒu　wèntí　yīnggāi wèn wǒ　bú shì　wèn

　　　　同　學。
　　　　tóngxué

家　　明：好吧！林老師，妳星期五　晚　上　願意　跟
Jiāmíng　　hǎo ba　Línlǎoshī　nǐ　xīngqíwǔ wǎnshàng yuànyì gēn

　　　　我約　會嗎？
　　　　wǒ　yuēhuì ma

(二)問題
wèntí

———— 1. 家明今天早上的數學考了幾分？

　　　　(A) 0分

　　　　(B) 25分

　　　　(C) 50分

　　　　(D) 99分

──────── 2. 下個星期幾有數學考試？
　　　　(A) 星期二
　　　　(B) 星期三
　　　　(C) 星期四
　　　　(D) 星期五

──────── 3. 家明和子英在哪裡聊天？
　　　　(A) 圖書館
　　　　(B) 餐廳
　　　　(C) 公園
　　　　(D) 教室

──────── 4. 家明為什麼會說「對了」？
　　　　(A) 家明覺得子英說的話是對的
　　　　(B) 家明想要問子英別的事情
　　　　(C) 家明覺得子英說的話是錯的
　　　　(D) 沒有特別的意思

──────── 5. 請選出對的。
　　　　(A) 子英願意教家明數學
　　　　(B) 家明禮拜五晚上要跟林老師約會
　　　　(C) 子英的數學成績不好
　　　　(D) 子英和家明沒有在上課的時候聊天

㈢ 生 詞
shēngcí

	生詞	漢語拼音	文意解釋
1	數學	shùxué	วิชาคณิตศาสตร์
2	厲害	lìhài	ดีเยี่ยม
3	分數	fēnshù	คะแนน เกรด
4	只要	zhǐyào	เพียงแค่
5	對了	duìle	ใช่แล้ว (ใช้เป็นคำเปรย)
6	只是	zhǐshì	เพียงแต่
7	約會	yuēhuì	ออกเดท

十三. 在 餐廳 裡
zài cāntīng lǐ

(一) 對話
duìhuà

服 務 生：有 什麼 可以 為 您 服務 的 嗎？
fúwù shēng　yǒu shénme kěyǐ wèi nín fúwù de ma

王 先 生： 你們 的 東西 怎麼 這麼 難吃！
Wáng xiānshēng　nǐmen de dōngxi zěnme zhème nánchī

為了 這頓 午飯，我 等了 這麼 久
wèile zhè dùn wǔfàn　wǒ děngle zhème jiǔ

的 時間，真是 不 值得。
de shíjiān　zhēnshì bù zhídé

服 務 生：不會 吧！很 多 客人 對 我們 的 評價
fúwù shēng　búhuì ba　hěnduō kèrén duì wǒmen de píngjià

一向 都 很好 的。
yí xiàng dōu hěnhǎo de

王 先 生： 你看！我 點 的 是 全熟，這塊 肉
Wáng xiānshēng　nǐ kàn　wǒ diǎn de shì quánshóu zhè kuài ròu

都 沒 熟，湯 喝起來 也 太 鹹 了，
dōu méi shóu tāng　hēqǐlái yě tài xián le

而且 你們 上 菜 的 速度 太 慢，我 真
érqiě nǐmen shàngcài de sùdù tài màn　wǒ zhēn

的 吃不下去。你 去 叫 你們 的 老闆
de chībúxià qù　nǐ qù jiào nǐmen de lǎobǎn

41

出來，這件事情一定要　說清
chūlái　zhèjiàn shìqíng yídìng yào shuōqīng

楚。
chǔ

服　務　生：對不起！我們的老闆不在，他去
fúwù shēng　duìbùqǐ　　wǒmen de lǎobǎn bú zài　tā qù

對　面　的　餐廳　吃飯了。
duì miàn de cāntīng chīfàn le

(二)問題
wèntí

_____ 1. 請問對話發生的地方在哪裡？

    (A) 公園

    (B) 商店

    (C) 學校

    (D) 餐廳

_____ 2. 請問對話發生的時間可能是什麼時候？

    (A) AM 8：00

    (B) PM 12：30

    (C) PM 3：00

    (D) PM 6：00

_____ 3. 王先生很生氣，因為他覺得？

    (A) 這間店的東西不好吃

    (B) 這間店太小了

    (C) 這間店太髒了

    (D) 這間店太貴了

_____ 4. 服務生覺得？

    (A) 很多客人都不喜歡這間店的東西

    (B) 這間店的東西不好吃

    (C) 很多客人都喜歡這間店的東西

    (D) 老闆也喜歡這間店的東西

_____ 5. 下面哪一個是對的？

    (A) 老闆正在忙，所以不能出來

    (B) 這間店的客人很少

    (C) 老闆去另外一間店吃飯了

    (D) 很多客人也覺得這家店的東西不好吃

(三)生 詞
shēngcí

	生詞	漢語拼音	文意解釋
1	服務	fúwù	บริการ
2	不值得	bù zhídé	ไม่ควรค่า
3	評價	píngjià	ประเมินค่า
4	一向	yíxiàng	สม่ำเสมอ
5	熟	shóu	ปรุงสุก
6	湯	tāng	น้ำแกง ซุป
7	鹹	xián	เค็ม
8	上菜	shàngcài	เสิร์ฟอาหาร
9	速度	sùdù	ความเร็ว
10	老闆	lǎobǎn	เจ้านาย หัวหน้า
11	對面	duìmiàn	ฝั่งตรงข้าม
12	餐廳	cāntīng	ภัตตาคาร ร้านอาหาร

十四. 司機 和 乘 客
sījī　　hé chéngkè

(一)對 話
duìhuà

乘　客：司機，麻煩你，我 要 到 臺灣 大學。
chéngkè　sījī　máfán nǐ　wǒ yào dào　Táiwāndàxué

司　機：好，沒問題。你要去 臺灣大學 上課 嗎？
sījī　hǎo　méiwèntí　nǐ yào qù Táiwāndàxué shàngkè ma

乘　客：對，我 要 去 上 英文課。
chéngkè　duì　wǒ yào　qù shàng　yīngwénkè

司　機：你 今天 要 上 幾個 小 時 的 課？
sījī　nǐ jīntiān yào shàng jǐge xiǎoshí de kè

乘　客：我 今天 有 四個 小 時 的 課。
chéngkè　wǒ jīntiān yǒu sìge xiǎoshí de kè

　　　　從 早 上 八點 開 始 一直 到 中 午。
cóng zǎoshàng bādiǎn kāishǐ yìzhí dào zhōngwǔ

司　機：你 已經 遲到 一個小時 了，老師 不會 罵你 嗎？
sījī　nǐ yǐjīng chídào yíge xiǎoshí le　lǎoshī búhuì mà nǐ ma

乘　客：應 該 不會 啦。
chéngkè　yīnggāi búhuì la

司　機：爲什麼 你 這麼 肯定？
sījī　wèishénme nǐ zhème kěndìng

乘　客：因爲 我 就是 老師。
chéngkè　yīnwèi wǒ jiùshì lǎoshī

（二）問題
wèntí

———— 1. 上面的對話可能會發生在什麼地方？

(A) 計程車

(B) 火車

(C) 飛機

(D) 捷運

———— 2. 乘客今天應該是幾點下課？

(A) AM 8：00

(B) AM 9：00

(C) PM 12：00

(D) PM 1：00

———— 3. 司機本來以為乘客是？

(A) 老師

(B) 學生

(C) 校長

(D) 警察

———— 4. 司機和乘客說話的時候，可能是幾點？

(A) AM 7：00

(B) AM 8：00

(C) AM 9：00

(D) AM 10：00

———— 5. 乘客的工作應該是？

(A) 校長

(B) 中文老師

(C) 大學生

(D) 英文老師

	生詞	漢語拼音	文意解釋
1	司機	sījī	คนขับรถ
2	乘客	chéngkè	ผู้โดยสาร
3	罵	mà	ด่า ว่า
4	肯定	kěndìng	แน่นอน (ใช้แสดงความมั่นใจ)

十五．電話留言
dìanhùa liúyán

(一)對話
duìhuà

家　明：喂，你好。請問 小 同 在 嗎？
Jiāmíng　wéi　nǐhǎo　qǐngwèn Xiǎotóng zài ma

大　同：小同 現在 不 在家，請 問 你是 哪位？
Dàtóng　Xiǎotóng xiànzài bú zàijiā　qǐngwèn nǐ shì nǎwèi

家　明：我 是 他的 同學，請 問 你是？
Jiāmíng　wǒ shì tā de tóngxué　qǐngwèn nǐ shì

大　同：我 是 小同 的 哥哥，小 同 去 運動 了。
Dàtóng　wǒ shì Xiǎotóng de gēge　Xiǎotóng qù yùndòng le

如果 有 什麼 事，我 可以 幫 你 留言 給 他。
rúguǒ yǒu shénme shì　wǒ kěyǐ bāng nǐ liúyán gěi tā

家　明：太好了，麻煩 你 幫 我 告訴 他，明 天 的
Jiāmíng　tàihǎo le　máfán nǐ bāng wǒ gàosù tā　míngtiān de

校外 參觀 因爲 天氣 不好，所以 取消 了。
xiàowài cānguān yīnwèi tiānqì bùhǎo　suǒyǐ qǔxiāo le

大　同：好！我 會 告訴 他 的。
Dàtóng　hǎo wǒ huì gàosù tā de

家　明：謝謝 你，再 見。
Jiāmíng　xièxie nǐ　zàijiàn

大　同：再見！
Dàtóng　zàijiàn

(二)問題
wèntí

_____ 1. 對話是在哪裡發生的？

    (A) 簡訊

    (B) 電話

    (C) 電子郵件

    (D) 兩個人見面的時候

_____ 2. 小同不在家，他可能去哪裡了？

    (A) 百貨公司

    (B) 醫院

    (C) 餐廳

    (D) 體育館

_____ 3. 留言可能是什麼？

    (A) 校外參觀取消的事情

    (B) 小同的電話號碼

    (C) 家明的電話號碼

    (D) 小同去運動的事情

_____ 4. 明天的天氣最可能會是？

    (A) 出太陽

    (B) 雲有點多

    (C) 下雨

    (D) 有點風

_____ 5. 下面哪一個是對的？

    (A) 大同不在家，所以是小同接的電話

    (B) 明天不去校外參觀了

    (C) 家明是大同的老師

    (D) 校外參觀因為天氣不好，所以改時間了

(三)生 詞
shēngcí

	生詞	漢語拼音	文意解釋
1	你好	nǐhǎo	สวัสดีค่ะ / ครับ (ใช้ได้ทุกโอกาส)
2	現在	xiànzài	ขณะนี้ ตอนนี้
3	請問你是哪位	qǐngwèn nǐ shì nǎwèi	ไม่ทราบว่าท่านไหนโทรมา (คะ / ครับ)
4	同學	tóngxué	เพื่อนร่วมชั้น
5	哥哥	gēge	พี่ชาย
6	運動	yùndòng	ออกกำลังกาย
7	留言	liúyán	ฝากข้อความ
8	麻煩	máfán	รบกวน
9	告訴	gàosù	บอก แจ้ง
10	明天	míngtiān	วันพรุ่งนี้
11	校外參觀	xiàowài cānguān	ทัศนศึกษา
12	天氣	tiānqì	อากาศ
13	取消	qǔxiāo	ยกเลิก
14	謝謝	xièxie	ขอบคุณ
15	再見	zàijiàn	สวัสดี (ลาก่อน)

十六．飯後的活動
fànhòu de huódòng

㈠對話
duì huà

書　華：吃完　晚飯 以後，你們　通常　會
Shūhuá　　chīwán　wǎnfàn　yǐhòu　　nǐmen tōngcháng huì

　　　　做　什麼 事　情？
　　　　zuò shénme　shìqíng

家　明：我喜歡　在　這　樣　的天氣洗　熱　水　澡，
Jiāmíng　　wǒ xǐhuān zài zhèyàng de　tiānqì　xǐrèshuǐzǎo

　　　　子晴　妳　呢？
　　　　Zǐqíng　nǐ　ne

子　晴：最近 的 天氣　很冷，我　會　躲在　被窩裡
Zǐqíng　　zuìjìn de tiānqì hěnlěng　wǒ huì duǒzài　bèiwōlǐ

　　　　睡　覺，或　是　躲在　被窩裡看　書、休息。
　　　　shuìjiào　huòshì duǒzài　bèiwōlǐ　kànshū　　xiūxí

家　明：妳吃完　晚飯 以後 先　睡覺，晚　上　不會
Jiāmíng　　nǐ chīwán wǎnfàn yǐhòu xīan shuìjiào wǎnshàng búhuì

　　　　睡不著　嗎？
　　　　shuìbùzháo ma

子　晴：不會，因爲 我　最近　眞的　很累。
Zǐqíng　　búhuì　yīnwèi wǒ zuìjìn zhēnde hěnlèi

書　華：爲 什　麼 妳 最近　這麼　累？
Shūhuá　　wèishénme nǐ zuìjìn zhème lèi

子　晴：因為我 這個 禮拜六 有一個 重要 　的 考試，
Zǐqíng　　yīnwèi wǒ zhège lǐbàiliù yǒu yíge zhòngyào de kǎoshì

　　　　我 每天 從早到晚 都在 讀書。
　　　　wǒ měitiān cóngzǎodàowǎn dōuzài dúshū

家　明：妳 真 辛苦！所以 妳 再過 三天 就要 考試了，
Jiāmíng　　nǐ zhēn xīnkǔ　suǒyǐ　nǐ zàiguò sāntiān jiùyào kǎoshì le

　　　　加油！
　　　　jiāyóu

書　華：妳如果太累 的話 記得要 休息，別 忘記，
Shūhuá　　nǐ rúguǒ tàilèi dehuà jìdé yào xiūxí　 bié wàngjì

　　　　身體 健康 是 最 重要 的！
　　　　shēntǐ jiànkāng shì zuì zhòngyào de

子　晴：我 知道了，謝謝 你們。
Zǐqíng　　wǒ zhīdào le　 xièxie nǐmen

(二)問題
wèntí

_____ 1. 他們三個人講話的時候，可能是在什麼季節？

    (A) 春天

    (B) 夏天

    (C) 秋天

    (D) 冬天

_____ 2. 子晴不會在被窩裡做什麼事情？

    (A) 睡覺

    (B) 看書

    (C) 洗熱水澡

    (D) 休息

_____ 3. 為什麼子晴最近很累？

    (A) 因為子晴在準備考試

    (B) 因為天氣很冷

    (C) 因為子晴的身體不健康

    (D) 因為子晴晚上睡不著

_____ 4. 你覺得「從早到晚都在讀書」是什麼意思？

    (A) 讀書讀了一整天

    (B) 讀書讀得很少

    (C) 很早起床讀書

    (D) 讀書讀得不多

_____ 5. 三個人聊天的那一天應該是星期幾？

    (A) 星期一

    (B) 星期二

    (C) 星期三

    (D) 星期四

(三) 生 詞
shēngcí

	生詞	漢語拼音	文意解釋
1	通常	tōngcháng	(โดย) ปกติ (แล้ว)
2	洗熱水澡	xǐrèshuǐzǎo	อาบน้ำอุ่น
3	躲	duǒ	ซ่อน
4	被窩	bèiwō	ซุกอยู่บนเตียง
5	睡不著	shuìbùzháo	นอนไม่หลับ
6	從早到晚	cóngzǎodàowǎn	ตั้งแต่เช้ายันค่ำ
7	忘記	wàngjì	ลืม

十七. 上 個 週末 做了 什麼？
shàngge zhōumò zuòle shénme

㈠ **對 話**
duìhuà

怡 萍：好久 不見！妳 最近 好 嗎？
Yípíng　hǎojiǔ bújiàn　nǐ　zuìjìn hǎo ma

曉 惠：還不錯，上個 週末 難得 放鬆 了一下。
Xiǎohuì　hái búcuò　shàngge zhōumò nándé fàngsōng le　yíxià

怡 萍：妳 做了 什麼？
Yípíng　nǐ zuòle　shénme

曉 惠：我 跟 家人去 旅行。
Xiǎohuì　wǒ gēn jiārén qù　lǔxíng

怡 萍：我 眞 羨慕 妳，上個 週末 我 都在 念書。
Yípíng　wǒ zhēn xiànmù nǐ　shàngge zhōumò wǒ dōu zài niànshū

曉 惠：妳 連假日 都 這麼 認眞，眞 不 簡單！
Xiǎohuì　nǐ lián jiàrì dōu zhème rènzhēn zhēn bù jiǎndān

怡 萍：眞 希望 我 也能 快點 出去 玩。
Yípíng　zhēn xīwàng wǒ yěnéng　kuàidiǎn chūqù wán

曉 惠：等 妳考試 結束，我們 一起 去 旅行 吧！
Xiǎohuì　děng nǐ kǎoshì jiéshù　wǒmen yìqǐ qù lǔxíng ba

怡 萍：太好了！我 等不及了！
Yípíng　tàihǎole　wǒ děngbùjí le

㈡問題
wèntí

_____ 1. 你覺得「難得」是什麼意思？
　　　(A) 很辛苦才得到的東西
　　　(B) 很不容易發生的事情
　　　(C) 很重要的事情
　　　(D) 很容易發生的事情

_____ 2. 曉惠上個週末做了什麼事？
　　　(A) 看電影
　　　(B) 念書
　　　(C) 運動
　　　(D) 旅行

_____ 3. 下面哪一個是對的？
　　　(A) 怡萍不喜歡旅行，所以才念書
　　　(B) 曉惠不想要和怡萍一起去旅行
　　　(C) 怡萍希望自己也能出去玩
　　　(D) 曉惠和朋友一起去旅行

_____ 4. 曉惠覺得怡萍「眞不簡單」，因爲曉惠覺得……
　　　(A) 怡萍是一個很努力的人
　　　(B) 這次的考試很困難
　　　(C) 怡萍讀的書很困難
　　　(D) 怡萍不應該這麼努力

_____ 5. 你覺得「我等不及了」這句話是什麼意思？
　　　(A) 希望事情不要發生
　　　(B) 自己遲到了
　　　(C) 很期待，希望事情趕快發生
　　　(D) 因爲朋友遲到所以很生氣

(三)生 詞
shēngcí

	生詞	漢語拼音	文意解釋
1	好久不見	hǎojiǔbújiàn	ไม่เจอตั้งนาน
2	最近	zuìjìn	เร็ว ๆ นี้
3	週末	zhōumò	สุดสัปดาห์
4	難得	nándé	หาได้ยาก
5	放鬆	fàngsōng	ผ่อนคลาย
6	旅行	lǚxíng	เดินทาง
7	羨慕	xiànmù	อิจฉา
8	念書	niànshū	เรียนหนังสือ
9	假日	jiàrì	วันหยุด
10	認真	rènzhēn	จริงจัง
11	簡單	jiǎndān	ง่ายดาย ง่าย ๆ
12	希望	xīwàng	หวัง ความหวัง
13	快點	kuàidiǎn	เร่งมือหน่อย รีบหน่อย
14	結束	jiéshù	จบ
15	等不及	děngbùjí	รอไม่ได้

十八. 白頭髮 和 成 績
báitóufǎ hé chéngjī

孩子：爸爸， 爲什麼 你有那麼 多 根 白頭髮 呢？
háizi　bàba　wèishénme nǐ yǒu nàme duō gēn báitóufǎ ne

爸爸：因爲你今天的 數學 考試 只考了30分。
bàba　yīnwèi nǐ jīntiān de shùxué kǎoshì zhǐ kǎo le　fēn

我 很 擔心你，所以 頭髮 變 白了。
wǒ hěn dānxīn nǐ , suǒyǐ tóufǎ biàn bái le

孩子：爸爸，請你別 擔心。明天 的 數學 考試，
háizi　bàba　qǐng nǐ bié dānxīn míngtiān de shùxué kǎoshì

我 會努力的。
wǒ huì nǔlì de

爸爸：你原來 不懂 的地方，現在 已經 懂 了嗎？
bàba　nǐ yuánlái bùdǒng de dìfāng xiànzài yǐjīng dǒng le ma

孩子：嗯，我已經 請 老師再教我一遍了。
háizi　ēn wǒ yǐjīng qǐng lǎoshī zài jiāo wǒ yíbiàn le

爸爸：好，如果你明天 的 數學 考試再 進步30分，
bàba　hǎo rúguǒ nǐ míngtiān de shùxué kǎoshì zài jìnbù　fēn

後天 我帶你出去玩。
hòutiān wǒ dài nǐ chūqù wán

孩子： 太棒 了！
háizi　tàibàng le

我 相信 星期六我們 一定 可以 出去 玩！
wǒ xiāngxìn xīngqíliù wǒmen yídìng kěyǐ chūqù wán

對了，爸爸，你以前在 學校 的 成績 應該
duìle bàba nǐ yǐqián zài xuéxiào de chéngjī yīnggāi

很 不好吧？
hěn bùhǎo ba

爸爸：你 怎麼 問 這個 問題 呢？
bàba nǐ zěnme wèn zhège wèntí ne

孩子：因為爺爺的 頭髮 全部 都是 白色 的 啊！
háizi yīnwèi yéye de tóufǎ quánbù dōushì báisè de a

(二)問題
wèntí

——— 1. 爸爸為什麼有那麼多根白頭髮？

　　(A) 擔心孩子的考試成績

　　(B) 擔心爺爺的頭髮

　　(C) 孩子生病了

　　(D) 擔心他以前在學校的成績

——— 2. 你覺得對話裡的「進步」是什麼意思？

　　(A) 走路走得更遠

　　(B) 考試成績跟上次一樣

　　(C) 出去外面玩

　　(D) 考試成績比上次好

_____ 3. 明天是星期幾？

    (A) 星期四

    (B) 星期五

    (C) 星期六

    (D) 星期天

_____ 4. 如果要出去玩，明天的數學考試應該考幾分？

    (A) 30分

    (B) 40分

    (C) 50分

    (D) 60分以上

_____ 5. 哪一個正確？

    (A) 爺爺擔心爸爸的白頭髮

    (B) 孩子明天有數學考試

    (C) 爺爺沒有白頭髮

    (D) 爸爸以前在學校的成績不好

(三) 生 詞 shēngcí

	生詞	漢語拼音	文意解釋
1	根	gēn	เส้น (ลักษณนาม)
2	白頭髮	báitóufǎ	ผมหงอก
3	數學	shùxué	วิชาคณิตศาสตร์
4	擔心	dānxīn	กังวล
5	變	biàn	กลายเป็น เปลี่ยนแปลง
6	會	huì	จะ สามารถ
7	進步	jìnbù	ก้าวหน้า
8	後天	hòutiān	วันมะรืน
9	帶	dài	หยิบ นำพา นำไป
10	星期六	xīngqíliù	วันเสาร์
11	白色	báisè	สีขาว

十九．問路
wènlù

(一)對 話
duìhuà

明　漢：不好意思！請問 離 這裡 最近 的 旅館
Mínghàn　bùhǎoyìsī　qǐngwèn lí zhèlǐ zuìjìn de lǚguǎn

　　　　怎麼 走？
　　　　zěnme zǒu

路　人：往前 直走，過 兩個 紅綠燈 之後，
lùrén　　wǎngqián zhízǒu guò liǎngge hónglǜdēng zhīhòu

　　　　看到 便利 商店 再 右轉，旅館 就 在
　　　　kàndào biànlì shāngdiàn zài yòuzhuǎ lǚguǎn jiù zài

　　　　郵局 的 隔壁。
　　　　yóujú de gébì

明　漢：謝謝！這 是 我 第一次 來 臺灣，對 環境
Mínghàn　xièxie zhè shì wǒ dìyīcì lái Táiwān duì huánjìng

　　　　很 不 熟悉。
　　　　hěn bù shóuxī

路　人：哦！你 是 來 旅行 的 嗎？
lùrén　　ó nǐ shì lái lǚxíng de ma

明　漢：是啊，我 喜歡 自助 旅行，所以 凡事
Mínghàn　shìā wǒ xǐhuān zìzhù lǚxíng suǒyǐ fánshì

　　　　都 要 自己 計畫。
　　　　dōuyào zìjǐ jìhuà

路　人：眞 有 勇氣！我 以前 也有 同樣 的
　　　　lùrén　　zhēn yǒu yǒngqì　wǒ yǐqián yě yǒu tóngyàng de

　　　　經驗。不如 我 帶 你 過去 吧！
　　　　jīngyàn　bùrú wǒ dài nǐ guòqù ba

明　漢：你 眞 熱心，謝謝 你的 幫忙！
Mínghàn　nǐ zhēn rèxīn　xièxie nǐ de bāngmáng

路　人：不客氣。
　　　　búkèqì

(二)問題
wèntí

_____ 1. 請問旅館在哪裡？

　　(A) 便利商店的隔壁

　　(B) 郵局的隔壁

　　(C) 紅綠燈的隔壁

　　(D) 便利商店和郵局的中間

_____ 2. 明漢可能想去旅館做什麼事？

　　(A) 讀書

　　(B) 休息

　　(C) 開會

　　(D) 運動

_____ 3. 請問「自助旅行」的意思是？

　　(A) 自己計畫旅行

　　(B) 去外國旅行

　　(C) 參加旅行團的旅行

　　(D) 參加學校的旅行

_____ 4. 路人說他也有「同樣的經驗」，是什麼意思？

　　(A) 一樣有「找不到旅館」的經驗

　　(B) 一樣有「問路」的經驗

　　(C) 一樣有「第一次來臺灣」的經驗

　　(D) 一樣有「自助旅行」的經驗

_____ 5. 下列哪一個是對的？

　　(A) 明漢以前沒有來過臺灣

　　(B) 路人也不知道旅館怎麼去

　　(C) 明漢不喜歡旅行

　　(D) 路人沒有旅行的經驗

㊂生 詞
shēngcí

	生詞	漢語拼音	文意解釋
1	不好意思	bùhǎoyìsī	ขอโทษ
2	旅館	lǚguǎn	โรงแรม
3	直走	zhízǒu	เดินตรงไป
4	紅綠燈	hónglǜdēng	สัญญาณไฟจราจร (สัญญาณไฟเขียวไฟแดง)
5	便利商店	biànlì shāngdiàn	ร้านสะดวกซื้อ
6	右轉	yòuzhuǎn	เลี้ยวขวา
7	隔壁	gébì	ถัดไป
8	環境	huánjìng	สภาพแวดล้อม
9	熟悉	shóuxī	คุ้นเคย
10	自助旅行	zìzhù lǚxíng	ท่องเที่ยวด้วยตัวเอง
11	凡事	fánshì	ทุกเรื่อง ทุกสิ่งอย่าง
12	計畫	jìhuà	แผนการ
13	勇氣	yǒngqì	ความกล้าหาญ
14	經驗	jīngyàn	ประสบการณ์ บทเรียน
15	熱心	rèxīn	มีน้ำใจ
16	幫忙	bāngmáng	ช่วยเหลือ

二十. 酒後開車
jiǔ hòu kāichē

㈠對話
duìhuà

警　察：先生，麻煩 靠 路邊 停車。
jǐngchá　xiānshēng máfán kào lùbiān tíngchē

（李 先生　將 車子 停好 後 下車）
Lǐ xiānshēng jiāng chēzi tínghǎo hòu xiàchē

警　察：你 怎麼 渾身 酒味？請把 證件 拿出來。
jǐngchá　nǐ zěnme húnshēn jiǔwèi　qǐng bǎ zhèngjiàn náchūlái

李先生：　我 晚上 參加 朋友 的 結婚 典禮，
Lǐ xiānshēng　wǒ wǎnshàng cānjiā péngyǒu de jiéhūn diǎnlǐ

　　　　所以 喝了 一點 酒。
　　　　suǒyǐ hēle yìdiǎn jiǔ

警　察：你 不知道 酒後 開車是 很 危險 的 事情
jǐngchá　nǐ bù zhīdào jiǔ hòu kāichē shì hěn wéixiǎn de shìqíng

　　　　嗎？爲了 安全，你 應該 搭 計程車 回家
　　　　ma　wèile ānquán　nǐ yīnggāi dā jìchéngchē huíjiā

　　　　才對。
　　　　cáiduì

李先生：　我 下次 不會 再 這樣 做了，麻煩 你 就
Lǐ xiānshēng　wǒ xiàcì búhuì zài zhèyàng zuò le　máfán nǐ jiù

　　　　睜 一隻 眼 閉一隻 眼 吧。
　　　　zhēng yì zhī yǎn bì yì zhī yǎn ba

警　察：不行！你不只喝酒，還　闖　紅燈！
jǐngchá　　bùxíng　nǐ bùzhǐ hējiǔ　 hái chuǎng hóngdēng

　　　　　你難道沒看到　紅燈　嗎？
　　　　　nǐ nándào méi kàndào hóngdēng ma

李先生：　唉！我看到了紅燈，但是沒看到
Lǐ xiānshēng　 ai　 wǒ kàndào le hóngdēng dànshì méi kàndào

　　　　　你啊。
　　　　　nǐ　a

(二)問題
wèntí

———— 1. 對話可能是在哪裡發生的？

　　(A) 餐廳

　　(B) 路邊

　　(C) 公園

　　(D) 海邊

_____ 2. 爲了安全，警察覺得李先生應該怎麼做？
    (A) 不應該參加結婚典禮
    (B) 自己開車回家
    (C) 不應該喝酒
    (D) 讓別人送他回家

_____ 3. 李先生說他「下次不會再這樣做了」，「這樣做」是指哪一件
事情？
    (A) 參加結婚典禮
    (B) 搭計程車
    (C) 喝酒之後開車
    (D) 沒有看到警察

_____ 4. 李先生希望警察能「睜一隻眼閉一隻眼」，意思是？
    (A) 希望警察晚上開車要小心
    (B) 希望警察當作沒看到，原諒自己
    (C) 希望警察能注意自己的眼睛
    (D) 覺得自己沒有不對的地方

_____ 5. 下面哪一個是對的？
    (A) 李先生只有喝酒
    (B) 李先生沒有喝酒，但闖紅燈
    (C) 李先生只有闖紅燈
    (D) 李先生喝酒，也闖紅燈

(三) 生 詞
shēngcí

	生詞	漢語拼音	文意解釋
1	麻煩	máfán	รบกวน (คนอื่น)
2	渾身	húnshēn	ทั้งตัว

	生詞	漢語拼音	文意解釋
3	證件	zhèngjiàn	เอกสารแสดงตัวตน
4	參加	cānjiā	เข้าร่วม
5	結婚典禮	jiéhūn diǎnlǐ	งานมงคลสมรส
6	危險	wéixiǎn	อันตราย
7	安全	ānquán	ความปลอดภัย
8	計程車	jìchéngchē	แท็กซี่
9	睜一隻眼閉一隻眼	zhēng yì zhī yǎn bì yì zhī yǎn	ทำไม่รู้ไม่เห็น
10	闖紅燈	chuǎng hóngdēng	ฝ่าไฟแดง
11	難道	nándào	แท้จริงแล้ว (.....หรือไง)

單元三　短文

單元三　短文

二十一. 進步一名
jìnbù yìmíng

(一)短文
duǎnwén

王 文星 的 爸爸 很 關心 兒子 在 學校裡的
Wáng Wénxīng de bàba hěn guānxīn érzi zài xuéxiàolǐ de

成 績。
chéngjī

有一天，王 爸爸 問 文星：「兒子啊，你 最近
yǒuyitiān Wángbàba wèn Wénxīng érzi a nǐ zuìjìn

在 學校 考試 考得怎麼樣？這次在 班上 考
zài xuéxiào kǎoshì kǎode zěnmeyàng zhècì zài bānshàng kǎo

第幾名 啊？」
dìjǐmíng a

文星 告訴 爸爸：「我 這次考 第26名。」
Wénxīng gàosù bàba wǒ zhècì kǎo dì míng

王 爸爸 又 問文星：「你們 班上 有 多少
Wángbàba yòu wèn Wénxīng nǐmen bānshàng yǒu duōshǎo

人？」
rén

文星 回答：「班 上 有26個人。」
Wénxīng huídá bānshàng yǒu ge rén

王 爸爸 知道兒子在 學校 的 成績以後，趕緊
Wángbàba zhīdào érzi zài xuéxiào de chéngjī yǐhòu gǎnjǐn

幫 兒子 找了一個 家庭 老師。
bāng érzi zhǎole yíge jiātíng lǎoshī

過了 兩個月，王爸爸 又 問 文星：「兒子啊，
guòle liǎnggeyuè Wángbàba yòu wèn Wénxīng érzi a

你 現在 在 學校 的 成績 怎麼 樣 呢？」
nǐ xiànzài zài xuéxiào de chéngjī zěnmeyàng ne

文星 回答：「爸爸，我 有一個 好 消息 跟
Wénxīng huídá bàba wǒ yǒu yíge hǎo xiāoxí gēn

一個 壞 消息要 告訴你。你 想 先 聽 哪一個？」
yíge huài xiāoxí yào gàosù nǐ nǐ xiǎng xiān tīng nǎ yíge

王 爸爸 說：「先 聽 好 消息吧。」
Wángbàba shuō xiān tīng hǎo xiāoxí ba

文星 說：「我 這次 的 考試 成績 比上次的
Wénxīng shuō wǒ zhècì de kǎoshì chéngjī bǐ shàngcìde

好，進步了一 名。」
hǎo jìnbùle yì míng

王 爸爸 聽了，開心地 說：「成績進步很 好 啊！
Wángbàba tīngle kāixīnde shuō chéngjījìnbù hěn hǎo a

我 不 相 信你有 壞 消息可以告訴我。」
wǒ bù xiāngxìn nǐ yǒ huài xiāoxí kěyǐ gàosù wǒ

文星 說：「雖然 我 進步了一名，但是，我們
Wénxīng shuō suīrán wǒ jìnbùle yìmíng dànshì wǒmen

班 上 有一個 同學 上 個月 全家搬去 美國，
bānshàng yǒu yíge tóngxué shànggeyuè quánjiā bānqù měiguó

所以我們 班 少了一個人……」
suǒyǐ wǒmen bān shǎole yíge rén

(二)問題
wèntí

———— 1. 王文星的爸爸很「關心」兒子在學校裡的成績，「關心」也可
以換成下面哪個詞？
(A) 開心
(B) 喜歡
(C) 小心
(D) 注意

———— 2. 王文星第一次考了第26名，所以 ＿＿＿＿＿＿＿。
(A) 王文星的考試成績很好
(B) 王文星很喜歡考試
(C) 班上同學的成績都比王文星好
(D) 王文星的爸爸很開心

———— 3. 王文星第二次考試考了第幾名？
(A) 1
(B) 25
(C) 26
(D) 27

———— 4. 王文星第二次考試為什麼進步了一名？
(A) 因為王文星很聰明
(B) 因為王爸爸找了家庭老師
(C) 因為有一個同學離開王文星的班上了
(D) 因為王文星很努力讀書

———— 5. 「但是」這個詞可以放在哪個□□裡面？
(A) 因為我長得不帥，□□王小美不喜歡我。
(B) 我喜歡喝飲料，□□果汁、汽水還有咖啡。
(C) 雖然上週末都在下雨，□□我玩得很開心。
(D) 他非常有錢，□□他買了很多房子。

(三) 生 詞
shēngcí

	生詞	漢語拼音	文意解釋
1	關心	guānxīn	เป็นห่วง
2	班	bān	ชั้นเรียน
3	趕緊	gǎnjǐn	อย่างรีบเร่ง
4	家庭老師	jiātíng lǎoshī	ติวเตอร์ ครูสอนตามบ้าน

二十二· 媽媽 的 留言
māma de liúyán

㈠短文
duǎnwén

小英：
Xiǎoyīng

媽媽 去 買 做 晚餐 需要 用到 的
māma qù mǎi zuò wǎncān xūyào yòngdào de

東西，大概 要 一個半 小時 才會回來。
dōngxi dàgài yào yígebàn xiǎoshí cái huì huílái

如果 妳 肚子 餓了，冰箱裡 有 點心，但是
rúguǒ nǐ dùzi è le bīngxiānglǐ yǒu diǎnxīn dànshì

要 先 洗手 才能 吃。如果 妳 想 看 電視，
yào xiān xǐshǒu cáinéng chī rúguǒ nǐ xiǎng kàn diànshì

必須 先 把 功課 寫完。如果 妳 明天 有
bìxū xiān bǎ gōngkè xiěwán rúguǒ nǐ míngtiān yǒu

考試，妳 就 應該 先 準備考試，不要 看
kǎoshì nǐ jiù yīnggāi xiān zhǔnbèi kǎoshì búyào kàn

電視。對了，妳的 布娃娃 媽媽 幫 妳 洗好
diànshì duìle nǐ de bùwáwa māma bāng nǐ xǐhǎo

了，請 妳 記得 把 陽臺上 的 布娃娃 收進
le qǐng nǐ jìdé bǎ yángtáishàng de bùwáwa shōujìn

房間。妳 自己 一個人 在家要 注意 安全，
fángjiān nǐ zìjǐ yígerén zài jiā yào zhùyì ānquán

不要 像 去年一樣，把 房子 燒了個 大洞。
búyào xiàng qùnián yíyàng bǎ fángzi shāole ge dàdòng

媽媽 很 快 就回家了！
māma hěn kuài jiù huíjiā le

愛 妳的 媽媽 PM 3：30
ài nǐ de māma

(二)問題
wèntí

_____ 1. 媽媽可能去哪裡？
  (A) 銀行
  (B) 公園
  (C) 學校
  (D) 超市

_____ 2. 媽媽大概什麼時候回家？
  (A) PM 3：45
  (B) PM 4：00
  (C) PM 4：30
  (D) PM 5：00

_____ 3. 媽媽要小英做什麼事情？
    (A) 看電視
    (B) 存錢
    (C) 吃點心
    (D) 收布娃娃

_____ 4. 如果小英想看電視，她必須先做什麼？
    (A) 洗手
    (B) 寫功課
    (C) 考試
    (D) 吃點心

_____ 5. 哪一個是對的？
    (A) 先寫完功課才能吃點心
    (B) 小英的媽媽明天才會回家
    (C) 先洗手才可以吃點心
    (D) 小英自己洗了布娃娃

(三) 生 詞
shēngcí

	生詞	漢語拼音	文意解釋
1	大概	dàgài	ประมาณ
2	洗手	xǐshǒu	ล้างมือ
3	布娃娃	bùwáwa	ตุ๊กตาผ้า
4	記得	jìdé	จำได้
5	陽臺	yángtái	ระเบียง

二十三. 老人 與 年 輕人
lǎorén yǔ niánqīngrén

㈠短 文
duǎnwén

王 太太 和 兩個人 一起 在 公車站 等
Wáng tàitai hé liǎngge rén yìqǐ zài gōngchēzhàn děng

公車。可是 她 等了 好久，一直 等不到 公車。
gōngchē kěshì tā děngle hǎojiǔ yìzhí děngbúdào gōngchē

她 覺得 很 無聊，只好 找 旁邊 兩個人 聊天，
tā juéde hěn wúliáo zhǐhǎo zhǎo pángbiān liǎngge rén liáotiān

一個 是 老人，一個 是 年 輕人。 王 太太 先 問
yíge shì lǎorén yíge shì niánqīngrén Wáng tàitai xiān wèn

年 輕人：「旁 邊 這位 是 您 的 父親 嗎？」
niánqīngrén pángbiān zhèwèi shì nín de fùqīn ma

年 輕人 回答：「是的。」
niánqīngrén huídá shìde

王 太太 又 對 老人 說：「您 的 兒子 長 得
Wáng tàitai yòu duì lǎorén shuō nín de érzi chǎngde

眞 好看 哪！」老人 卻 對 王 太太 說：「不，他
zhēn hǎokàn na lǎorén què duì Wáng tàitai shuō bù tā

不是我的 兒子啊！」王 太太 覺得 很 奇怪，所以她 又
búshì wǒde érzi a Wáng tàitai juéde hěn qíguài suǒyǐ tā yòu

問了一次 年 輕人：「旁 邊 這位 是 您 的 爸爸
wènle yícì niánqīngrén pángbiān zhèwèi shì nín de bàba

嗎？」年輕人　仍然 回答：「沒錯，他是我的爸爸。」
ma　　niánqīngrén réngrán huídá　　méicuò　tā shì wǒde bàba

　　　　她　又　問了一次 老人：「旁 邊　這個　年 輕 人
　　　　tā　yòu　wènle　yícì　lǎorén　　pángbiān zhège　niánqīngrén

不是 您 的 兒子嗎？」老人　仍然　回答：「不是，他
búshì　nín de　érzi　ma　　lǎorén　réngrán　huídá　　búshì　tā

不是　我 的 兒子。」老人　跟　年 輕 人　説的　都是
búshì　wǒ de érzi　　lǎorén　gēn　niánqīngrén shuōde dōushì

眞 話，可是，爲什麼 老人　説　年 輕 人 不是 他的
zhēnhuà　kěshì　wèishénme lǎorén shuō　niánqīngrén búshì tāde

兒子？
érzi

(二)問題
wèntí

_____ 1. 有幾個人在等公車？

(A) 1

(B) 2

(C) 3

(D) 4

_____ 2. 「只好」這個詞可以放在哪個□□裡面？

(A) 天氣不好，不能出去外面打球，我□□在家裡看電視。

(B) 我很用功讀書，□□我考了第一名。

(C) 雖然寫漢字不容易，□□我喜歡寫漢字。

(D) 因爲我喜歡中文，□□我想當中文老師。

_____ 3. 老人仍然回答：「不是，他不是我的兒子。」「仍然」可以換
成下面哪個詞？

(A) 但是

(B) 還是

(C) 不是

(D) 雖然

_____ 4. 哪一個正確？

(A) 他們在公車上聊天

(B) 老人是年輕人的爸爸

(C) 年輕人是老人的兒子

(D) 老人跟年輕人說的都不是真話

_____ 5. 「年輕人可能是老人的□□。」□□應該是？

(A) 兒子

(B) 女兒

(C) 太太

(D) 朋友

🔹 ㈢ 生 詞
shēngcí

	生詞	漢語拼音	文意解釋
1	公車站	gōngchēzhàn	ป้ายรถเมล์
2	年輕人	niánqīngrén	คนหนุ่มสาว
3	卻	què	อย่างไรก็ตาม แต่กลับ แท้จริงแล้ว
4	仍然	réngrán	ยังคง
5	沒錯	méicuò	ถูกต้อง

二十四. 感謝 探 望
gǎnxiè tànwàng

㈠短 文
duǎnwén

依林：
Yīlín

謝謝 妳 昨 天 來 看 我，從 車禍 發生 到 現 在
xièxie nǐ zuótiān lái kàn wǒ cóng chēhuò fāshēng dào xiànzài

已經 一個 禮拜 了，除了 頭 還 有 一點 不 舒服 之外，
yǐjīng yíge lǐbài le chúle tóu hái yǒu yìdiǎn bù shūfú zhīwài

其他 都 好多 了。醫生 說 我 恢復 得 很快，再 過
qítā dōu hǎoduō le yīshēng shuō wǒ huīfù de hěnkuài zài guò

半個 月 就 可以 出 院 了。
bànge yuè jiù kěyǐ chūyuàn le

我 還要 謝謝 妳 送 我 這麼 漂亮 的 花，我 想
wǒ háiyào xièxie nǐ sòng wǒ zhème piàoliàng de huā wǒ xiǎng

要 把 它 擺 在 窗 邊，這樣 每天 一 看到 它，我
yào bǎ tā bǎi zài chuāngbiān zhèyàng měitiān yí kàndào tā wǒ

就 會 覺 得 很 開 心。
jiù huì juéde hěn kāixīn

對了，我 這麼 久 沒 去 上課，非常 擔心 會
duìle wǒ zhème jiǔ méi qù shàngkè fēi cháng dānxīn huì

有 很 多 地方 不 懂。 等 我 出 院 以後，妳 能 借我
yǒu hěn duō dìfāng bù dǒng děng wǒ chūyuàn yǐhòu nǐ néng jiè wǒ

上課 的筆記嗎？謝謝 妳的 幫 忙。
shàngkè de bǐjì ma xièxie nǐ de bāngmáng

我 很 想念妳，希望 能 快點 回到學校。
wǒ hěn xiǎngniàn nǐ xīwàng néng kuàidiǎn huídào xuéxiào

傑倫
Jiélún

㈡問題
wèntí

_____ 1. 傑倫現在在哪裡？

　　(A) 車站

　　(B) 醫院

　　(C) 學校

　　(D) 家裡

——— 2. 再過幾天傑倫才可以出院？

    (A) 30天

    (B) 8天

    (C) 15天

    (D) 21天

——— 3. 傑倫為什麼會覺得開心？

    (A) 頭還有一點不舒服

    (B) 很快就可以出院了

    (C) 看到依林送的禮物

    (D) 可以不必去學校

——— 4. 傑倫的身體怎麼樣？

    (A) 恢復得很慢

    (B) 只有頭很好，其他地方都不舒服

    (C) 全身都不舒服

    (D) 只有頭不舒服，其他地方都很好

——— 5. 傑倫為什麼不能去學校？

    (A) 搭車的時候發生不好的事情

    (B) 心情不好

    (C) 肚子不舒服

    (D) 感冒

(三) 生詞 shēngcí

	生詞	漢語拼音	文意解釋
1	車禍	chēhuò	อุบัติเหตุ (รถยนต์)
2	恢復	huīfù	ฟื้นคืน
3	出院	chūyuàn	ออกจากโรงพยาบาล
4	擔心	dānxīn	เป็นห่วง กังวล
5	筆記	bǐjì	บันทึก
6	想念	xiǎngniàn	คิดถึง นึกถึง

二十五．常 掉傘 的 羅先生
cháng diào sǎn de Luó xiānshēng

㈠短 文
duǎnwén

羅 先 生 是 一位 英文 老師。他 很 會 教
Luó xiānshēng shì yíwèi yīngwén lǎoshī tā hěn huì jiāo

英文， 工作 也 很 努力，所以 學校裡的 學生
yīngwén gōngzuò yě hěn nǔlì suǒyǐ xuéxiàolǐ de xuéshēng

和 同事 都 非常 喜歡 他。他 在 家 是 個 好
hé tóngshì dōu fēicháng xǐhuān tā tā zài jiā shì ge hǎo

老公，也 是 個 好 爸爸。他 對 他 的 太太、兒子 都
lǎogōng yě shì ge hǎo bàba tā duì tā de tàitai érzi dōu

非常 好。可是，他 常 常 做 一件 事情，讓 他
fēicháng hǎo kěshì tā chángcháng zuò yíjiàn shìqíng ràng tā

的 太太 非常 不 高興。那 就是：他 常 常 掉 傘。
de tàitai fēicháng bù gāoxìng nà jiùshì tā chángcháng diào sǎn

你 相信 嗎？他 已經 掉 過50 把 傘 了。他 的 太太
nǐ xiāngxìn ma tā yǐjīng diàoguò bǎ sǎn le tā de tàitai

告訴他：「一把 傘 雖然 不 貴，但是 也 不 便宜。
gàosù tā yìbǎ sǎn suīrán bú guì dànshì yě bù piányí

如果你 再 掉傘，你 下次就 淋雨 回家 吧！」羅 先 生
rúguǒ nǐ zài diàosǎn nǐ xiàcì jiù línyǔ huíjiā ba Luó xiānshēng

很 怕 太太 生氣，所以 他 常 常 提醒 自己：不要 再
hěn pà tàitai shēngqì suǒyǐ tā chángcháng tíxǐng zìjǐ búyào zài

掉 傘 了。
diào sǎn le

有一天，羅 先 生 從 學校 回家。他很高興地
yǒuyìtiān Luó xiānshēng cóng xuéxiào huíjiā tā hěngāoxìngde

把傘 拿給 太太 看，並且 說：「妳看！我 記得把 傘
bǎ sǎn nágěi tàitai kàn bìngqiě shuō nǐkàn wǒ jìdé bǎ sǎn

帶回家了！」太太 看了 羅 先 生 手 上 的 傘，
dàihuíjiā le tàitai kànle Luó xiānshēng shǒushàng de sǎn

說：「可是 你 今天 沒有 帶 傘 出去 啊！」
shuō kěshì nǐ jīntiān méiyǒu dài sǎn chūqù a

(二)問題
wèntí

_____ 1. 什麼是「同事」？
  (A) 一樣的事情
  (B) 同學的事情
  (C) 和羅先生一樣在學校工作的人
  (D) 以上都不對

_____ 2. 哪一個不對？
  (A) 羅先生是一位英文老師
  (B) 羅先生很會教英文
  (C) 羅先生對太太、兒子非常好
  (D) 學生不喜歡羅先生

_____ 3.「支」可以放在哪個□裡面？

　　　(A) 一□書

　　　(B) 三□手機

　　　(C) 一□鑰匙

　　　(D) 一□雨傘

_____ 4.「非常」這個詞不可以放在哪個□□裡面？

　　　(A) 沈佳宜□□漂亮

　　　(B) 我□□經過沈佳宜的家

　　　(C) 我□□想告訴沈佳宜一件事情

　　　(D) 沈佳宜，我□□喜歡你

_____ 5. 下面四件事情，哪一件最早發生？

　　　(A) 羅先生把傘拿給太太看

　　　(B) 太太看了傘後沒有很高興

　　　(C) 羅先生從學校回家

　　　(D) 羅先生告訴太太：「我記得把傘帶回家了。」

(三) 生　詞 shēngcí

	生詞	漢語拼音	文意解釋
1	同事	tóngshì	เพื่อนร่วมงาน
2	老公	lǎogōng	สามี
3	淋雨	línyǔ	ตากฝน
4	提醒	tíxǐng	เตือน (ความจำ)
5	記得	jìdé	จำ
6	卻	què	อย่างไรก็ตาม แต่กลับ แท้จริงแล้ว

二十六. 寄包裹
jì bāoguǒ

(一)短文
duǎnwén

再 過 三天 就是 聖誕節 了。
zài guò sāntiān jiùshì Shèngdànjié le

這 一天，爸爸 請 多平 幫 他寄 兩個包裹。
zhè yìtiān bàba qǐng Duōpíng bāng tā jì liǎngge bāoguǒ

大的包裹是要 送 奶奶的禮物，小的 包裹是要
dàde bāoguǒ shì yào sòng nǎinai de lǐwù xiǎode bāoguǒ shì yào

送 表 妹的 玩具。
sòng biǎomèi de wánjù

爸爸跟 多平 説：「寄一個包裹 要 五十元，
bàba gēn Duōpíng shuō jì yíge bāoguǒ yào wǔshí yuán

這裡是一百 元，剛 好可以寄 兩個 包裹。」
zhèlǐ shì yìbǎi yuán gānghǎo kěyǐ jì liǎngge bāoguǒ

過了十分鐘，多平 回來了。
guòle shífēnzhōng Duōpíng huílái le

爸爸 説：「你 怎麼 這麼 快 就 回來了？我要 你
bàba shuō nǐ zěnme zhème kuài jiù huílái le wǒ yào nǐ

寄的 包裹 都 寄出去了嗎？」
jì de bāoguǒ dōu jìchūqùle ma

多平 高興 的 説：「我 都 寄出去了，而且 只
Duōpíng gāoxìng de shuō wǒ dōu jìchūqù le érqiě zhǐ

花了 五十 元。」
huāle wǔshí yuán

爸爸 覺得 很 奇怪，所以 問 多平 是 怎麼
bàba juéde hěn qíguài suǒyǐ wèn Duōpíng shì zěnme

做到 的。
zuòdào de

多平 回答：「我 把 小的 包裹 放進 比較大的
Duōpíng huídá wǒ bǎ xiǎode bāoguǒ fàngjìn bǐjiàodà de

包裹 裡面，這 樣 只 需要 五十 元！」
bāoguǒ lǐmiàn zhèyàng zhǐ xūyào wǔshí yuán

———— 1. 請問「這一天」是幾月幾號？

     (A) 25號

     (B) 28號

     (C) 18號

     (D) 22號

———— 2. 「爸爸請多平幫他寄兩個包裹」裡的「他」是誰？

     (A) 表妹

     (B) 多平

     (C) 奶奶

     (D) 爸爸

———— 3. 請問最後是誰收到了包裹？

     (A) 表妹

     (B) 奶奶

     (C) 都收到包裹了

     (D) 都沒收到包裹

———— 4. 選出對的

     a. □□的雨太大了，再等一下吧。

     b. 不要走開，□□還有更有趣的節目！

     c. 這本書不知道是誰的，□□沒寫名字。

     d. 快點打開禮物，我想看看□□是什麼。

     (A) a.上面   b.下面   c.外面   d.裡面

     (B) a.外面   b.上面   c.裡面   d.下面

     (C) a.外面   b.下面   c.上面   d.裡面

     (D) a.上面   b.下面   c.裡面   d.外面

(二)問題

_____ 5. A：175公分；B：180公分，下面哪個是對的？

　　　　(A) A比較矮

　　　　(B) A比較高

　　　　(C) A比B高五公分

　　　　(D) B比A矮五公分

(三)生詞
shēngcí

	生詞	漢語拼音	文意解釋
1	聖誕節	Shèngdànjié	วันคริสต์มาส
2	包裹	bāoguǒ	พัสดุ
3	禮物	lǐwù	ของขวัญ
4	玩具	wánjù	ของเล่น
5	奇怪	qíguài	แปลก
6	放	fàng	วาง

二十七. 男孩 與 農夫
nánhái yǔ nóngfū

(一)短文
duǎnwén

有一個 男孩 走到 一個 農夫 的 西瓜田。男孩
yǒu yíge nánhái zǒudào yíge nóngfū de xīguātián nánhái

指著 田裡 的 一個 西瓜，問 農夫：「那個 大 西瓜
zhǐzhe tiánlǐ de yíge xīguā wèn nóngfū nège dà xīguā

多少 錢？」
duōshǎo qián

農夫 告訴 他：「80 元。」
nóngfū gàosù tā yuán

男孩 說：「可是 我 只有 50 元。」
nánhái shuō kěshì wǒ zhǐyǒu yuán

農夫 一邊 笑著，一邊 指著 田裡 一個 很 小 的
nóngfū yìbiān xiàozhe yìbiān zhǐzhe tiánlǐ yíge hěn xiǎo de

西瓜，問 男孩：「你 要不要 買 這個 西瓜？你 帶的
xīguā wèn nánhái nǐ yàobúyào mǎi zhège xīguā nǐ dài de

錢 剛 好 可以 買 這個 小 西瓜。」
qián gānghǎo kěyǐ mǎi zhège xiǎo xīguā

男孩 想了 一下，回答：「好，我 買 這個 西瓜，
nánhái xiǎngle yíxià huídá hǎo wǒ mǎi zhège xīguā

但是 請 你 不要 現在 給 我。」
dànshì qǐng nǐ búyào xiànzài gěi wǒ

農夫問：「你 什麼 時候 才要 來拿？」
nóngfū wèn　　　nǐ shénme shíhòu cái yào lái ná

　　男孩回答：「等 它 多 長 一兩個星期之後，
nánhái huídá　　děng tā duō zhǎng yìliǎngge xīngqí zhīhòu

我 再 來 拿！」
wǒ zài lái ná

(二)問題
wèntí

_____ 1. 男孩到西瓜田想做什麼事情？

    (A) 賣西瓜

    (B) 吃西瓜

    (C) 看西瓜

    (D) 買西瓜

_____ 2. 男孩帶的錢可以買幾個西瓜？

    (A) 一個大西瓜

    (B) 一個大西瓜跟一個小西瓜

    (C) 兩個大西瓜

    (D) 一個小西瓜

_____ 3. 為什麼男孩不要現在拿西瓜？

    (A) 他想等西瓜變大

    (B) 他現在沒有錢

    (C) 農夫不想現在給他西瓜

    (D) 他想明天再拿西瓜

———— 4. 「男孩想了一下」，請問「一下」是多久的時間？
　　　　(A) 很短的時間
　　　　(B) 一個小時
　　　　(C) 一天
　　　　(D) 很長的時間

———— 5. 哪一個正確？
　　　　(A) 農夫想買西瓜
　　　　(B) 一個大西瓜130元
　　　　(C) 一個小西瓜50元
　　　　(D) 男孩想馬上拿到西瓜

(三)生詞
shēngcí

	生詞	漢語拼音	文意解釋
1	農夫	nóngfū	เกษตรกร
2	西瓜田	xīguātián	ไร่แตงโม
3	指	zhǐ	ชี้
4	田	tián	เรือกสวน ไร่นา
5	剛好	gānghǎo	พอดี
6	長	zhǎng	เติบโต

二十八. 說 謊 比賽
shuōhuǎng bǐsài

(一)短文
duǎnwén

王 先 生 是 一位 中學 老師，他 非常
Wáng xiānshēng shì yíwèi zhōngxué lǎoshī tā fēicháng

擔心 他 的 學生。因為 他 覺得，現在 的 學 生，
dānxīn tā de xuéshēng yīnwèi tā juéde xiànzài de xuéshēng

不知道 什麼 事情 是 對 的、什麼 事情 是 錯 的。
bù zhīdào shénme shìqíng shì duì de shénme shìqíng shì cuò de

有 一天，在 他 下班 回家 的 路上，他 看到了 他
yǒu yìtiān zài tā xiàbān huíjiā de lùshàng tā kàndàole tā

的 五個 學生， 正在 公園裡 圍著 一隻 小狗。
de wǔge xuéshēng zhèngzài gōngyuánlǐ wéizhe yìzhī xiǎogǒu

他 走向 他 的 學生們，對 他們 說：「你們
tā zǒuxiàng tā de xuéshēngmen duì tāmen shuō nǐmen

怎麼 沒有 馬上 回家，在 這裡 做 什麼？」其中
zěnme méiyǒu mǎshàng huíjiā zài zhèlǐ zuò shénme qízhōng

一個 學生 回答：「我們 正在 比賽。」王 先 生
yíge xuéshēng huídá wǒmen zhèngzài bǐsài Wáng xiānshēng

問：「你們 在 比賽 什麼？」另 一個 學生 回答：
wèn nǐmen zài bǐsài shénme lìng yíge xuéshēng huídá

「我 們 在 比賽 說 謊，誰 說 的 謊 話 大家
wǒmen zài bǐsài shuōhuǎng shéi shuō de huǎnghuà dàjiā

最 不 能 相信，就 可以 把 這隻可愛的小 狗 帶
zuì bùnéng xiāngxìn jiù kěyǐ bǎ zhèzhī kěài de xiǎogǒu dài

回家。」王 先 生 覺得，學 生 比賽 說 謊 是
huíjiā Wáng xiānshēng juéde xuéshēng bǐsài shuōhuǎng shì

不對 的 事情，他必須 好好 教他的 學 生 們，
búduì de shìqíng tā bìxū hǎohǎo jiāo tā de xuéshēngmen

所以 王 先 生 告訴他的 學 生 們 說：「我
suǒyǐ Wáng xiānshēng gàosù tā de xuéshēngmen shuō wǒ

已經 活了四十幾歲，從來 沒有 說過 謊。」最後
yǐjīng huóle sìshí jǐsuì cónglái méiyǒu shuōguò huǎng zuìhòu

王 先 生 得到了那隻 小 狗。
Wáng xiānshēng dédàole nàzhī xiǎogǒu

(二)問題
wèntí

_____ 1. 王先生擔心什麼事情？
　　(A) 擔心他不能回家
　　(B) 擔心學生不知道什麼事情是錯的
　　(C) 擔心學生不能說謊
　　(D) 擔心他不能把小狗帶回家

_____ 2. 做了什麼事情的人可以把小狗帶回家？
　　(A) 沒說謊的人
　　(B) 圍著小狗的人
　　(C) 不回家的人
　　(D) 說的謊大家最不能相信的人

_____ 3. 哪一個正確？
　　(A) 沒有人得到小狗
　　(B) 有一個學生把小狗帶回家了
　　(C) 王先生覺得比賽說謊是對的事情
　　(D) 學生們覺得王先生說了謊

_____ 4. 為什麼王先生贏得那隻小狗？
　　(A) 因為學生都不相信王先生沒有說過謊
　　(B) 因為學生都先回家了
　　(C) 因為學生都知道自己錯了
　　(D) 因為學生都不要小狗了

_____ 5. 「所以」這個詞可以放進哪個□□裡面？
　　(A) 因為我太晚起床，□□我上學遲到了。
　　(B) 她長得很漂亮，□□很聰明。
　　(C) 雖然昨天是下雨天，□□我玩得很開心。
　　(D) 那本書很便宜，我帶的錢可以買那本書，□□我沒有買。

(三)生 詞
shēngcí

	生詞	漢語拼音	文意解釋
1	圍	wéi	ล้อมรอบ
2	其中	qízhōng	หนึ่งใน
3	比賽	bǐsài	การแข่งขัน
4	另	lìng	อีกอย่างหนึ่ง
5	說謊	shuōhuǎng	โกหก
6	謊話	huǎnghuà	คำเท็จ
7	從來	cónglái	แต่ไหนแต่ไรมา
8	得到	dédào	ได้รับ

二十九. 買「東西」
mǎi dōngxi

㈠短文 duǎnwén

你 知道 爲什麼 中文 說 買「東西」，而 不
nǐ zhīdào wèishénme zhōngwén shuō mǎi dōngxi ér bù

說 買「南北」嗎？關於 這個 詞，有 一個 很 有 意思 的
shuō mǎi nán běi ma guānyú zhège cí yǒu yíge hěn yǒu yìsi de

小 故事。
xiǎo gùshì

從 前，有 一個 很 聰明 的 人 叫 朱熹，他 有
cóngqián yǒu yíge hěn cōngmíng de rén jiào Zhū Xī tā yǒu

一個 好 朋友 叫 盛 溫和。
yíge hǎo péngyǒu jiào Shèng Wēnhé

有 一天，兩個 人 在 路上 相遇。朱熹 看見
yǒu yìtiān liǎngge rén zài lùshàng xiāngyù Zhū Xī kànjiàn

盛 溫和 手上 提著 一個 竹 籃子，於是 就 問
Shèng Wēnhé shǒushàng tízhe yíge zhú lánzi yúshì jiù wèn

他：「你 要 去 哪裡？」
tā nǐ yào qù nǎlǐ

盛 溫和 回答：「我 要 出門 買 東西。」
Shèng Wēnhé huídá wǒ yào chūmén mǎi dōngxi

朱熹 又 問 他：「你 爲什麼 說 買『東西』，而
Zhū Xī yòu wèn tā nǐ wèishénme shuō mǎi dōngxi ér

不是 說買『南北』呢？」
búshì shuō mǎi nán běi ne

盛 溫和 問 朱熹：「那你 知道 什麼 是
Shèng Wēnhé wèn Zhū Xī nà nǐ zhīdào shénme shì

五行 嗎？」
wǔxíng ma

朱熹回答：「當然 知道！五行就是金、木、水、
Zhū Xī huídá dāngrán zhīdào wǔxíng jiùshì jīn mù shuǐ

火、土。東方 是木、西方 是 金、南方 是 火、
huǒ tǔ dōngfāng shì mù xīfāng shì jīn nánfāng shì huǒ

北方 是 水、中 間 是土。」
běifāng shì shuǐ zhōngjiān shì tǔ

盛 溫和 說：「這就對啦！我手上 提著的是
Shèng Wēnhé shuō zhè jiù duìla wǒ shǒushàng tízhe de shì

竹籃子，竹籃子 裝 水 會 漏 光，裝 火會
zhú lánzi zhú lánzi zhuāng shuǐ huì lòuguāng zhuāng huǒ huì

燒掉，只能 裝 金和木，所以才 說 買『東西』，
shāodiào zhǐnéng zhuāng jīn hé mù suǒyǐ cái shuō mǎi dōngxi

而 不 說買『南北』啊！」
ér bù shuō mǎi nán běi a

(二)問題
wèntí

_____ 1. 為什麼說買「東西」，而不說買「南北」？
   (A) 盛溫和想買一個叫做「東西」的物品
   (B) 東方是木，西方是金，竹籃子可以裝木頭和金子
   (C) 市場在東邊和西邊
   (D) 竹籃子是在東邊的市場買的

_____ 2. 請問「有意思」是什麼意思？
   (A) 無聊
   (B) 有意義
   (C) 有趣
   (D) 重要

_____ 3. 哪一個是對的？
   (A) 朱熹和盛溫和是好朋友
   (B) 朱熹要出門買東西
   (C) 盛溫和要去買金子和木頭
   (D) 朱熹不知道什麼是「五行」

_____ 4. 「是……而不是……」可以填入下面哪個句子？
   (A) ___ 這次失敗了，___ 他還是不想放棄
   (B) 他 ___ 個性好，___ 功課也很好
   (C) 我想喝的 ___ 紅茶，___ 咖啡
   (D) ___ 天氣不好，___ 沒辦法出去玩了

_____ 5. 選出對的
   a.吃□　b.看□　c.丟□　d.打□
   (A) a.完　b.見　c.掉　d.開
   (B) a.掉　b.開　c.見　d.完
   (C) a.見　b.掉　c.開　d.完
   (D) a.掉　b.完　c.開　d.見

	生詞	漢語拼音	文意解釋
1	而	ér	แต่กลับ
2	關於	guānyú	เกี่ยวกับ
3	有意思	yǒuyìsi	น่าสนใจ
4	相遇	xiāngyù	พบกัน
5	竹籃子	zhú lánzi	ตะกร้าไม้ไผ่
6	五行	wǔxíng	ธาตุทั้ง ๕ (ได้แก่ โลหะ ไม้ น้ำ ไฟ และดิน)
7	裝	zhuāng	เติม ใส่
8	漏	lòu	รั่ว
9	燒	shāo	เผา

三十. 真話 與 假話
zhēnhuà yǔ jiǎhuà

（一）短 文
　　duǎnwén

王 天 明　到 埃及 自助 旅行，可是 他 在 沙漠 中
Wáng Tiānmíng dào　Āijí　zìzhù lǚxíng　　kěshì　tā zài shāmò zhōng

迷路了。他 看不懂 地圖，不 知道 該 怎麼 走。太陽
mílù le　　tā kànbùdǒng dìtú　　bù zhīdào gāi zěnme zǒu　tàiyáng

很 大，天氣 非 常 熱，他 的 肚子 也 非 常 餓。就在他
hěn dà　 tiānqì fēicháng rè　 tā de dùzi yě fēicháng è　 jiùzài tā

快 要 走不下去 的　時候，他 的　面　前　出 現了 一個
kuàiyào zǒubúxiàqù　de　shíhòu　tā de miànqián chūxiànle yíge

胖子 跟　一個　瘦子。 兩個人 的　手 上　　都 拿著
pàngzi gēn　yíge shòuzi　　liǎngge rén de shǒushàng dōu názhe

食物 和　水。王　天　明　希望　這　兩個人 可以 幫 幫
shíwù　hé　shuǐ Wáng Tiānmíng xīwàng zhè liǎngge rén kěyǐ　bāngbāng

他，給他 一點　水 跟　食物。可是　胖子　跟　瘦子 都
tā　 gěi tā yìdiǎn shuǐ gēn　shíwù　 kěshì pàngzi　gēn shòuzi dōu

告訴 天　明，他們　兩個 人 一個人　說　的　話 是
gàosù Tiānmíng　tāmen　 liǎngge rén yíge rén shuō de huà shì

真 話，一個 人　說 的　話 不是 真 話，不能　相 信。
zhēnhuà　 yíge rén shuō de huà búshì zhēnhuà　 bùnéng xiāngxìn

而且他們　其中　一個 人拿 的 食物　跟 水　是 不 能
érqiě tāmen qízhōng yíge rén ná de shíwù gēn shuǐ shì bùnéng

吃 跟 不能 喝的，如果 不 小心 吃了，可能 會
chī gēn bùnéng hē de rúguǒ bù xiǎoxīn chī le kěnéng huì

生 病，還 可能 會 死掉。王 天明 必須 問 他們
shēngbìng hái kěnéng huì sǐdiào Wáng Tiānmíng bìxū wèn tāmen

問題，才 能 得到 乾淨 的 食物 和 水。王 天明
wèntí cáinéng dédào gānjìng de shíwù hé shuǐ Wáng Tiānmíng

想了一下，然後 問 胖子：「今天是 晴天 嗎？」
xiǎngle yíxià ránhòu wèn pàngzi jīntiān shì qíngtiān ma

胖子 回答：「是的。」 王 天 明 又 問 胖子：「你
pàngzi huídá shì de Wáng Tiānmíng yòu wèn pàngzi nǐ

的 食物 可以 吃嗎？」胖子 回答：「可以。」
de shíwù kěyǐ chī ma pàngzi huídá kěyǐ

你 覺得胖子 的 食物 和 水 是 乾淨 的 嗎？
nǐ juéde pàngzi de shíwù hé shuǐ shì gānjìng de ma

(二)問題 wèntí

———— 1. 王天明跟誰一起去埃及旅行？
　　　(A) 自己一個人去
　　　(B) 家人
　　　(C) 胖子和瘦子
　　　(D) 好朋友

———— 2. 「迷路」是什麼意思？
　　　(A) 不知道對的路應該怎麼走
　　　(B) 走路走太多了
　　　(C) 覺得肚子很餓，口很渴
　　　(D) 覺得天氣太熱

———— 3. 「也」這個詞可以放在哪個□裡面？
　　　(A) 我喜歡喝汽水，□喜歡喝咖啡。
　　　(B) 我□媽媽昨天一起去公園玩。
　　　(C) 我吃了蘋果□西瓜。
　　　(D) 中文□英文我都喜歡。

———— 4. 如果吃到「不能吃的食物」可能不會發生什麼事情？
　　　(A) 生病
　　　(B) 死亡
　　　(C) 迷路
　　　(D) 上面的答案都不對

———— 5. 哪一個正確？
　　　(A) 胖子的食物跟水不乾淨
　　　(B) 胖子和瘦子說的話都不能相信
　　　(C) 今天不是晴天
　　　(D) 胖子說的話是真話

㈢生　詞
shēngcí

	生詞	漢語拼音	文意解釋
1	埃及	Āijí	อียิปต์
2	沙漠	shāmò	ทะเลทราย
3	迷路	mílù	หลงทาง
4	面前	miànqián	ต่อหน้า
5	出現	chūxiàn	ปรากฏขึ้น
6	胖子	pàngzi	คนอ้วน
7	瘦子	shòuzi	คนผอม
8	死	sǐ	ตาย เสียชีวิต

三十一. 東西 掉 了
dōngxi diào le

(一)短 文
duǎnwén

親愛的　同學們 大家 好：
qīnài　de tóngxuémen dàjiā　hǎo

　昨天　中 午我在餐廳 弄 丟了錢包。
　zuótiān zhōngwǔ wǒ zài cāntīng nòngdiūle qiánbāo

那是 一個 藍色、 上 面　有　很多　星星
nàshì　yíge lánsè　shàngmiàn yǒu hěnduō xīngxing

圖案的 錢包，裡面 有 我的 學 生　證、
túàn de qiánbāo　lǐmiàn yǒu wǒ de xuéshēngzhèng

護 照 和 五百多元　的 現金，請 大家　幫
hùzhào hé wǔbǎiduō yuán de xiànjīn qǐng dàjiā bāng

我 找 找 看。
wǒ zhǎozhǎokàn

　這個 錢包 對我來 說 特別　重要，
　zhège qiánbāo duì wǒ láishuō tèbié zhòngyào

因為它是 我媽媽 送 給我的 生日禮物，
yīnwèi tā shì wǒ māma sòng gěi wǒ de shēngrì lǐwù

所以我希望 能 快點把它 找回來。
suǒyǐ wǒ xīwàng néng kuàidiǎn bǎ tā zhǎohuílái

如果你 找 到了錢包，請 通 知我，為了
rúguǒ nǐ zhǎodàole qiánbāo qǐng tōngzhī wǒ wèile

表 達我的謝意，我會 請你吃一頓午餐。
biǎodá wǒ de xièyì wǒ huì qǐng nǐ chī yídùn wǔcān

謝謝！
xièxie

聯絡 方式：王 同 學 0912-345000
liánluò fāngshì Wáng tóngxué

(二)問題
wèntí

_____ 1. 王同學為什麼要寫這篇短文？

　　(A) 想找回他的錢包

　　(B) 想買到這個錢包

　　(C) 想找他的媽媽

　　(D) 認識新朋友

_____ 2. 下面哪一個是王同學的錢包

　　(A)　　　　(B)　　　　(C)　　　　(D)

_____ 3. 為什麼這個錢包很重要

　　(A) 錢包很貴

　　(B) 錢包是朋友送的

　　(C) 錢包的樣子很漂亮

　　(D) 錢包是媽媽送的禮物

_____ 4. 「五百多元」可以指下面哪一個？

　　(A) 498元

　　(B) 528元

　　(C) 620元

　　(D) 500元

_____ 5. 下面哪一句的「特別」和「這個錢包對我來說特別重要」的

　　　 「特別」是一樣的意思？

　　(A) 我收到了一份「特別」的生日禮物。

　　(B) 明天就要去旅行了，大家今天都「特別」高興。

　　(C) 你今天看起來很「特別」，是不是剪頭髮了。

　　(D) 這是一本很「特別」的書。

㈢生 詞
shēngcí

	生詞	漢語拼音	文意解釋
1	錢包	qiánbāo	กระเป๋าเงิน
2	圖案	túàn	ลวดลาย รูปแบบ
3	護照	hùzhào	หนังสือเดินทาง
4	現金	xiànjīn	เงินสด
5	特別	tèbié	เป็นพิเศษ
6	通知	tōngzhī	แจ้ง
7	表達	biǎodá	แสดงออก
8	謝意	xièyì	ความรู้สึกขอบคุณ
9	頓	dùn	มื้อ (ลักษณนาม)

三十二. 我 的 家庭
wǒ de jiātíng

(一)短 文 duǎnwén

我的 家裡 有 爸爸、媽媽 和 兩個可愛的 妹妹。
wǒ de jiālǐ yǒu bàba māma hé liǎngge kěài de mèimei

我們 家以前 住在 臺中，五年 前，我們 從 臺中
wǒmen jiā yǐqián zhù zài Táizhōng wǔnián qián wǒmen cóng Táizhōng

搬 到 臺北。我本來不太喜歡 臺北，因爲臺北不但
bān dào Táiběi wǒ běnlái bú tài xǐhuān Táiběi yīnwèi Táiběi búdàn

有 很多 車子，而且 空氣不好、 東西又 貴、公園
yǒu hěnduō chēzi érqiě kōngqì bù hǎo dōngxi yòu guì gōngyuán

又不多。我很 想 念 臺中的家，還有臺中 的
yòu bù duō wǒ hěn xiǎngniàn Táizhōng de jiā háiyǒu Táizhōng de

好 朋 友。
hǎopéngyǒu

後來，媽媽 生了一對 雙胞胎， 也 就是我
hòulái māma shēngle yíduì shuāngbāotāi yě jiù shì wǒ

兩個可愛的 妹妹，我才覺得 生 活 變得有趣了。
liǎngge kěài de mèimei wǒ cái juéde shēnghuó biànde yǒuqù le

我 每天 放學 回家，最 喜歡做的事情，就是跟
wǒ měitiān fàngxué huíjiā zuì xǐhuān zuò de shìqíng jiùshì gēn

妹妹們 玩。週末的時候，爸爸也 常 常 帶我們
mèimeimen wán zhōumò de shíhòu bàba yě chángcháng dài wǒmen

出去 玩。我 在 學校 慢 慢的 認識了許多 新 朋 友，
chūqù wán　wǒ zài xuéxiào mànmànde rènshìle xǔduō xīn péngyǒu

我們　常　常　一起讀書、寫　功課、聊天。
wǒmen chángcháng yìqǐ dúshū　xiě　gōngkè liáotiān

　　現在，我 每天 都 覺得 很 開心。雖然我 想　念
　　xiànzài　wǒ měitiān dōu juéde hěn kāixīn　suīrán wǒ xiǎngniàn

臺中 的 朋 友，但是我 也 喜歡 上　臺北了。
Táizhōng de péngyǒu　dànshì wǒ yě xǐhuān shàng Táiběi le

(二)問題
wèntí

_____ 1. 他的家裡一共有幾個人？
　　　　　(A) 七個人
　　　　　(B) 六個人
　　　　　(C) 五個人
　　　　　(D) 四個人

_____ 2. 他為什麼本來不太喜歡臺北？
　　　　　(A) 臺北的車子不多
　　　　　(B) 臺北的空氣很好
　　　　　(C) 臺北的東西很便宜
　　　　　(D) 臺北的公園很少

_____ 3. 哪個句子的意思和「我才覺得生活變得有趣了」一樣？
　　　　　(A) 我才覺得生活變得無聊了
　　　　　(B) 我才覺得生活變得有意思了
　　　　　(C) 我才覺得生活變得忙碌了
　　　　　(D) 我才覺得生活變得辛苦了

———— 4. 他放學回家最喜歡做的事情是什麼？
　　　(A) 跟妹妹們玩
　　　(B) 跟爸媽聊天
　　　(C) 跟同學一起寫功課
　　　(D) 跟朋友一起讀書

———— 5. 哪一個正確？
　　　(A) 他的爸爸每天都帶他們出去玩
　　　(B) 他現在不喜歡臺北
　　　(C) 他想念臺中的朋友
　　　(D) 他覺得臺北的生活很無聊

(三) 生 詞
shēngcí

	生詞	漢語拼音	文意解釋
1	臺中	Táizhōng	เมืองไถจง
2	臺北	Táiběi	กรุงไทเป
3	本來	běnlái	เดิมที
4	車子	chēzi	รถยนต์
5	而且	érqiě	ยิ่งไปกว่านั้น นอกจากนี้
6	想念	xiǎngniàn	คิดถึง
7	對	duì	คู่ (ลักษณนาม)
8	雙胞胎	shuāngbāotāi	ฝาแฝด
9	放學	fàngxué	เลิกเรียน

三十三 · 好好先生
hǎo hǎo xiān shēng

(一)短文
duǎnwén

很久以前，有一個人 叫 司馬徽，因為那個時候
hěnjiǔ yǐqián yǒu yíge rén jiào Sīmǎ Huī yīnwèi nà ge shíhòu

的 社會 很 混亂，他怕 說了 不對的話 會 得罪人，
de shèhuì hěn hùnluàn tā pà shuōle búduì de huà huì dézuì rén

所以不 管 什麼人、什麼 事，他都 說：「好，好！」
suǒyǐ bùguǎn shénme rén shénme shì tā dōu shuō hǎo hǎo

有一次，有一個人 問 他：「你的身體 健康
yǒu yícì yǒu yíge rén wèn tā nǐ de shēntǐ jiànkāng

嗎？」司馬徽 回答：「好！」又 有 一次，有 一個
ma Sīmǎ Huī huídá hǎo yòu yǒu yícì yǒu yíge

朋 友 到 家裡 來，他 很 傷心 地說自己的兒子
péngyǒu dào jiālǐ lái tā hěn shāngxīn de shuō zìjǐ de érzi

死了，司馬徽 聽了，也回答：「好！」等 朋 友 走
sǐ le Sīmǎ Huī tīngle yě huídá hǎo děng péngyǒu zǒu

了以後，司馬徽 的太太 臉 紅 脖子粗地跟他
le yǐhòu Sīmǎ Huī de tàitai liǎn hóng bó zi cū de gēn tā

說：「你是他的 朋友，朋友 的兒子死了，你不
shuō nǐ shì tā de péngyǒu péngyǒu de érzi sǐ le nǐ bú

但不 安慰 他，反而還 說『好』，太不應 該了！」
dàn bù ānwèi tā fǎnér hái shuō hǎo tài bùyīnggāi le

沒 想 到 司馬 徽 回答：「好，妳 的 話 太好了！」這
méixiǎngdào Sīmǎ Huī huídá　　hǎo　nǐ de huà tàihǎo le　　zhè

就是「好 好 先 生」的 故事。後來 人們 就 稱 呼
jiùshì　hǎo hǎo xiān shēng　de gùshì　hòulái rénmen jiù chēng hū

那些 不 堅持 原則、不敢 得罪 別人 的 人 叫 做
nàxiē bù jiānchí yuánzé　bùgǎn dézuì biérén de rén jiào zuò

「好 好 先 生」。
hǎo hǎo xiān shēng

(二)問題
wèntí

_____ 1. 爲什麼大家叫司馬徽「好好先生」？
(A) 他長得很好看
(B) 他只會寫「好」這個字
(C) 他有很多錢
(D) 不管別人說什麼，他都說「好」

_____ 2. 爲什麼司馬徽的太太會「臉紅脖子粗」？
(A) 因爲她很熱
(B) 因爲朋友的兒子死了
(C) 因爲司馬徽說了不對的話
(D) 因爲朋友來找他聊天

_____ 3. 「臉紅脖子粗」是什麼意思？
(A) 傷心
(B) 生氣
(C) 高興
(D) 生病

_____ 4. 請問「太不應該了」是什麼意思？
　　　(A) 不應該這樣做
　　　(B) 做不到的事情
　　　(C) 做的事情是對的
　　　(D) 可能的意思

_____ 5. 下面哪一句的「都」和「不管什麼人、什麼事，他都說
　　　『好！』」的「都」是一樣的意思？
　　　(A) 你居然連這麼簡單的問題都不會
　　　(B) 臺北是一個美麗的都市
　　　(C) 我們都喜歡楊老師的中文課
　　　(D) 你怎麼這麼晚來，電影都結束了

(三)生詞 shēngcí

	生詞	漢語拼音	文意解釋
1	社會	shèhuì	สังคม
2	混亂	hùnluàn	วุ่นวาย
3	得罪	dézuì	ทำให้คนอื่นไม่พอใจ
4	傷心	shāngxīn	เจ็บใจ
5	臉紅脖子粗	liǎn hóng bó zi cū	โกรธจนหน้าดำหน้าแดง
6	安慰	ānwèi	ปลอบประโลม
7	反而	fǎnér	แทนที่จะ
8	好好先生	hǎo hǎo xiān shēng	คนที่ปฏิเสธคนอื่นไม่เป็น
9	稱呼	chēnghū	เรียก ขาน (ชื่อ)
10	堅持	jiānchí	ยืนกราน ยืนยัน
11	原則	yuánzé	จุดยืน

三十四. 臺北 公車 與 捷運
Táiběi gōngchē yǔ jiéyùn

臺北 是 臺灣「大 眾 交 通 工 具」最 發達 的
Táiběi shì Táiwān dàzhòngjiāotōnggōngjù zuì fādá de

地方。住在 臺北 的人，不會 開車、不會 騎機車也
dìfāng zhùzài Táiběi de rén búhuì kāichē búhuì qíjīchē yě

沒關係。他們 還是 可以 靠著 大 眾 交 通 工 具去
méiguānxi tāmen háishì kěyǐ kàozhe dàzhòngjiāotōnggōngjù qù

臺北 各個 地方。
Táiběi gège dìfāng

臺北有 很多 公車，坐 公車 的費用 很 便宜，
Táiběi yǒu hěnduō gōngchē zuò gōngchē de fèiyòng hěn piányí

一次 15 元。
yícì yuán

如果你是 有 悠遊卡的學 生，一次只 需要12元
rúguǒ nǐ shì yǒu yōuyóukǎ de xuéshēng yícì zhǐ xūyào yuán

呢！如果 你 覺得 坐 公車太 慢了，你 可以 選擇
ne rúguǒ nǐ juéde zuò gōngchē tài màn le nǐ kěyǐ xuǎnzé

坐捷運。臺北 捷運 到 現在（2011年）一共 有 83 個
zuòjiéyùn Táiběi jiéyùn dào xiànzài nián yígòng yǒu ge

車站。捷運一小時可以跑80公里，你可以 很 快地
chēzhàn jiéyùn yì xiǎoshí kěyǐ pǎo gōnglǐ nǐ kěyǐ hěnkuàide

到你 想 要去的地方。
dào nǐ xiǎngyào qù de dìfāng

　　車站 裡面 非常 乾淨，因為在 車站 裡面 不能
　　chēzhàn lǐmiàn fēicháng gānjìng yīnwèi zài chēzhàn lǐmiàn bùnéng

吃 東西、喝 飲料。車站 裡面 還有 冷氣，所以天氣
chī dōngxi hē yǐnliào chēzhàn lǐmiàn háiyǒu lěngqì suǒyǐ tiānqì

熱 的 時候 坐 捷運非常 舒服。
rè de shíhòu zuò jiéyùn fēicháng shūfú

　　不過，坐 捷運的 費用 貴了 一些，最 便宜的
　　búguò zuò jiéyùn de fèiyòng guì le yìxiē zuì piányí de

票價 需要20元。如果 你 要去 的 地方 比較 遠，
piàojià xūyào yuán rúguǒ nǐ yào qù de dìfāng bǐjiào yuǎn

需要 的 費用會 更多。
xūyào de fèiyòng huì gèngduō

　　看 完了介紹，你比較 喜歡 坐 公車 還是
　　kànwánle jièshào nǐ bǐjiào xǐhuān zuò gōngchē háishì

捷運 呢？
jiéyùn ne

(二)問題
wèntí

＿＿＿＿＿ 1. 這篇文章介紹了幾種「大眾交通工具」？

　　　　(A) 1

　　　　(B) 2

　　　　(C) 3

　　　　(D) 4

_____ 2. 這篇文章應該是什麼時候寫好的？

(A) 2009

(B) 2010

(C) 2011

(D) 文章沒有說

_____ 3. 哪個正確？

(A) 坐捷運比坐公車便宜

(B) 坐公車比坐捷運慢

(C) 學生用悠遊卡坐公車，需要15元

(D) 坐公車只需要20元

_____ 4. 哪個不是捷運的好處？

(A) 快

(B) 乾淨

(C) 便宜

(D) 舒服

_____ 5. 「如果」這個詞可以放在哪個□□裡面？

(A) □□你喜歡看書，你可以去圖書館。

(B) □□我太晚起床，所以我今天上學遲到了。

(C) □□我很努力念書，可是我還是考不好。

(D) □□我喜歡中文，但是我不喜歡寫漢字。

(三) 生 詞
shēngcí

	生詞	漢語拼音	文意解釋
1	臺北	Táiběi	กรุงไทเป
2	臺灣	Táiwān	ไต้หวัน

	生詞	漢語拼音	文意解釋
3	大眾交通工具	dàzhòngjiāotōnggōngjù	ขนส่งมวลชน
4	發達	fādá	พัฒนาแล้ว
5	機車	jīchē	มอเตอร์ไซค์
6	靠	kào	พึ่งพา พึ่งพิง
7	其他	qítā	อื่น ๆ
8	費用	fèiyòng	ค่าใช้จ่าย
9	悠遊卡	yōuyóukǎ	บัตรโดยสาร Easy Card
10	車站	chēzhàn	สถานี
11	公里	gōnglǐ	กิโลเมตร

三十五．履歷
lǚlì

㈠短文
duǎnwén

寄件人：李 大同〔abc@coldmail.com〕 jìjiànrén　　Lǐ Dàtóng	
收件人： 英文 教學 中心〔ET123@coldmail.com〕 shōujiànrén　yīngwén jiāoxué zhōngxīn	
時間：Mon, 18 Jul 2011 17:52:35 shíjiān	
標題：履歷 biāotí　lǚlì	

自我 介紹：
zìwǒ jièshào

你好，我 的 名字 叫李 大同。從 小 我 就 對
nǐhǎo　wǒ de míngzì jiào Lǐ Dàtóng　cóngxiǎo wǒ jiù duì

英 文 有 很大的 興趣，以前 念書 的 時候， 成績
yīngwén yǒu hěndà de xìngqù　yǐqián niànshū de shíhòu　chéngjī

最好 的 科目 也 是 英 文。我 大學 進入了英 文系，
zuìhǎo de kēmù yě shì yīngwén　wǒ dàxué jìnrùle yīngwén xì

畢 業 之後 擔任 過 兩 年 的 英文 老師。我 有 空
bìyè zhīhòu dānrèn guò liǎngnián de yīngwén lǎoshī　wǒ yǒukòng

的 時候 也 喜歡 練習 英 文，像 看 英文 書、英文
de shíhòu yě xǐhuān liànxí yīngwén　xiàng kàn yīngwén shū　yīngwén

報紙 等，只要 一有 機會，我 就想 接觸 英文。
bàozhǐ děng zhǐyào yìyǒu jīhuì wǒ jiùxiǎn jiēchù yīngwén

我 希望 可以 得到 這個 機會，讓 我 擔任
wǒ xīwàng kěyǐ dédào zhège jīhuì ràng wǒ dānrèn

你們 學校 的 英文 老師。如果 我 得到了 這 份
nǐmen xuéxiào de yīngwén lǎoshī rúguǒ wǒ dédàole zhèfèn

工 作，我 一定 會 努力 教學，讓 每一個 學生
gōngzuò wǒ yídìng huì nǔ lì jiāoxué ràng měiyíge xuéshēng

都 能 開心地 學 英文。
dōu néng kāixīn de xué yīngwén

(二)問題
wèntí

_____ 1. 什麼時候可以用到這張表？
(A) 買東西
(B) 做菜
(C) 寫作業
(D) 找工作

_____ 2. 李大同想當什麼？
(A) 警察
(B) 老師
(C) 學生
(D) 護士

_____ 3. 下面哪一個是對的？
(A) 大學的時候，李大同才對英文有興趣
(B) 李大同當過英文老師
(C) 李大同的英文不好
(D) 李大同不喜歡英文

_____ 4. 「只要一有機會，我就想接觸英文」這句話的意思，下列哪一個是對的？

 (A) 不喜歡英文的意思

 (B) 有機會，也不想接觸英文

 (C) 如果有機會，就想多接觸英文

 (D) 沒有機會接觸英文

_____ 5. 「我喜歡的食物很多，例如……」，下面哪一個不可以放進句子裡？

 (A) 運動

 (B) 包子

 (C) 餅乾

 (D) 蛋糕

(三) 生 詞
shēngcí

	生詞	漢語拼音	文意解釋
1	履歷	lǚlì	ประวัติส่วนตัว (เรซูเม่)
2	興趣	xìngqù	สนใจ
3	成績	chéngjī	ผลการเรียน
4	科目	kēmù	รายวิชา
5	大學	dàxué	มหาวิทยาลัย
6	畢業	bìyè	สำเร็จการศึกษา
7	擔任	dānrèn	รับ (ตำแหน่ง หน้าที่)
8	練習	liànxí	ฝึกฝน
9	只要	zhǐyào	เพียงแต่ เพียงแค่
10	機會	jīhuì	โอกาส
11	接觸	jiēchù	สัมผัส
12	教學	jiāoxué	สอน

三十六. 鬼月 禁忌
guǐyuè jìnjì

(一)短文
duǎnwén

你 怕 鬼 嗎？你 相信 世界上 有鬼 嗎？每 年
nǐ pà guǐ ma nǐ xiāngxìn shìjièshàng yǒu guǐ ma měinián

農曆的 七月，是 臺灣 的 鬼月。臺灣 人 在 鬼月 有
nónglì de qīyuè shì Táiwān de guǐyuè Táiwānrén zài guǐyuè yǒu

很 多「禁忌」。以下 就 介紹 幾個鬼月 的 禁忌：
hěnduō jìnjì yǐxià jiù jièshào jǐge guǐyuè de jìnjì

1.不可以 玩 水，否則 在 海裡 或是 河裡 的
bùkěyǐ wánshuǐ fǒuzé zài hǎilǐ huòshì hélǐ de

「好 兄 弟」，也就是 水裡的「鬼」，會 來 跟 你
hǎoxiōngdì yějiùshì shuǐlǐ de guǐ huì lái gēn nǐ

一起 玩，你 就 容易 因此 發生 危險。
yìqǐ wán nǐ jiù róngyì yīncǐ fāshēng wéixiǎn

2.不可以在 晚上 的 時候 用 照 相機，否則
bùkěyǐ zài wǎnshàng de shíhòu yòng zhàoxiàngjī fǒuzé

「好 兄 弟」容易 出現 在 你的 照 片裡。
hǎoxiōngdì róngyì chūxiàn zài nǐ de zhàopiànlǐ

3.不要 隨便 靠在 牆 上 或是 站在 大樹下，
búyào suíbiàn kàozài qiángshàng huòshì zhànzài dàshùxià

因為「好兄弟」沒事 的 時候，最喜歡 在 牆 上
yīnwèi hǎoxiōngdì méishì de shíhòu zuìxǐhuān zài qiángshàng

或是 大樹下 休息。
huòshì dàshùxià xiūxí

4. 在 郊外 如果 好像 聽到 有人 在 叫 你的
zài jiāowài rúguǒ hǎoxiàng tīngdào yǒurén zài jiào nǐ de

名字，不可以 回頭，因為 可能 是「好 兄 弟」們
míngzì bùkěyǐ huítóu yīnwè kěnéng shì hǎoxiōngdì men

在 叫你。
zài jiàonǐ

5. 晚 上 在郊外的 時候 也 不要 隨便 叫別人的
wǎnshàng zài jiāowài de shíhòu yě búyào suíbiàn jiào biérén de

名字。無論是回頭或是隨便 叫別人的名字，
míngzì wúlùn shì huítóu huòshì suíbiàn jiào biérén de míngzì

都 可能 會 發生 不好 的 事 情。
dōu kěnéng huì fāshēng bùhǎo de shìqíng

看完了 這些 禁忌 以後，你 相 信 嗎？
kànwánle zhèxiē jìnjì yǐhòu nǐ xiāngxìn ma

(二) 問題
wèntí

_____ 1. 什麼是「禁忌」？
　　(A) 不可以做的事情
　　(B) 別人的名字
　　(C) 水裡的鬼
　　(D) 以上都不對

_____ 2. 「好兄弟」是什麼？
　　(A) 好的哥哥和好的弟弟
　　(B) 很好的朋友
　　(C) 鬼
　　(D) 爸爸的弟弟

_____ 3. 「無論」這個詞可以放在哪個□□裡面？
　　(A) □□你不喜歡我，我現在就可以離開。
　　(B) □□我太晚離開家裡，所以我沒坐到八點的公車。
　　(C) □□天天運動，你會很健康。
　　(D) □□是蘋果或是西瓜，我都喜歡吃。

_____ 4. 「鬼」可能比較不喜歡哪個地方？
　　(A) 大樹下
　　(B) 太陽下
　　(C) 海裡
　　(D) 牆上

_____ 5. 哪一個是錯的？
　　(A) 「鬼月禁忌」的意思就是「在鬼月不可以做的事情」
　　(B) 每年農曆的七月，是臺灣的鬼月
　　(C) 「好兄弟」最喜歡在牆壁上或是大樹下休息
　　(D) 晚上在郊外可以叫別人的名字，但是不可以回頭

(三)生詞
shēngcí

	生詞	漢語拼音	文意解釋
1	鬼月	guǐyuè	เดือนปล่อยผี
2	禁忌	jìnjì	ข้อห้าม
3	農曆	nónglì	ปฏิทินจันทรคติ

	生詞	漢語拼音	文意解釋
4	臺灣	Táiwān	ไต้หวัน
5	鬼	guǐ	ผี
6	以下	yǐxià	ภายใต้ ดังต่อไปนี้
7	好兄弟	hǎoxiōngdì	ผีไร้ญาติ
8	因此	yīncǐ	ด้วยเหตุนี้
9	否則	fǒuzé	มิเช่นนั้น
10	靠	kào	พึ่งพา พึ่งพิง
11	回頭	huítóu	กลับใจ

三十七. 貓頭鷹蹲
māotóuyīng dūn

(一)短文
duǎnwén

很多人 都 喜歡 上 網，因為 網路上
hěnduō rén dōu xǐhuān shàngwǎng yīnwèi wǎnglùshàng

常 常 流行著 很多 有趣的 東西。
chángcháng liúxíngzhe hěnduō yǒuqù de dōngxi

最近， 網路上 開始 流行 一種「貓頭鷹
zuìjìn wǎnglùshàng kāishǐ liúxíng yìzhǒng māotóuyīng

蹲」(Owling) 的 照 片。「貓 頭 鷹 蹲」的 意思是
dūn de zhàopiàn māotóuyīng dūn de yìsi shì

蹲在 地上看著 前面 的 照 相 姿勢。因為這 樣
dūn zài dìshàng kànzhe qiánmiàn de zhàoxiàng zīshì yīnwèi zhèyàng

很 像 貓 頭 鷹 的 樣子，所以 才 叫做「貓 頭 鷹
hěn xiàng māotóuyīng de yàngzi suǒyǐ cái jiàozuò māotóuyīng

蹲」。
dūn

「貓 頭 鷹 蹲」的 動作 比較 簡單，所以 容易
māotóuyīng dūn de dòngzuò bǐjiào jiǎndān suǒyǐ róngyì

學習，很 多 人就 在 意想 不到 的 地方拍照。蹲 的
xuéxí hěnduō rén jiù zài yìxiǎngbúdào de dìfāng pāizhào dūn de

地方 除了 地上 以外，還有 很多 特別 的 地方。
dìfāng chúle dìshàng yǐwài háiyǒu hěnduō tèbié de dìfāng

像是 有的人會 蹲在
xiàngshì　yǒuderén huì　dūn zài

家裡的 冰箱 上、路邊的
jiālǐ　de bīngxiāngshàng lùbiānde

紅綠燈 上，甚至 是
hónglǜdēngshàng　shènzhì　shì

公 園裡的 雕像 上。
gōngyuánlǐ de diāoxiàngshàng

任何你 想得到 的地方，
rènhé nǐ　xiǎngdedào de　dìfāng

都 可能 是 拍照 的
dōu　kěnéng shì　pāizhào de

地點。
dìdiǎn

當 你 走 在 路上 的 時候，如果 看到 有人 蹲
dāng nǐ zǒu zài lùshàng de shíhòu　rúguǒ kàndào yǒu rén dūn

在 地上 什麼 都不做，不用 覺得 驚訝，因為
zài dìshàng shénme dōu búzuò　búyòng juéde jīngyà　yīnwèi

他可能 正在 做「貓頭鷹 蹲」！
tā kěnéng　zhèngzài zuò　māotóuyīng dūn

(二)問題
wèntí

_____ 1. 會叫做「貓頭鷹蹲」，是因為貓頭鷹的？
　　　(A) 聲音
　　　(B) 樣子
　　　(C) 大小
　　　(D) 顏色

_____ 2. 哪個地方最可能是「貓頭鷹蹲」拍照的地方？
　　　(A) 桌子
　　　(B) 汽車
　　　(C) 電視機
　　　(D) 都有可能

_____ 3. 哪一個是對的？
　　　(A)「貓頭鷹蹲」已經流行很久了
　　　(B)「貓頭鷹蹲」的地方只能在桌子上
　　　(C)「貓頭鷹蹲」的動作很簡單
　　　(D) 很多人都不喜歡上網，因為太無聊了

_____ 4.「意想不到」的意思是？
　　　(A) 忘記了
　　　(B) 很想念
　　　(C) 想很久
　　　(D) 想不到

_____ 5.「甚至」不可以放進下面哪一個句子的□□裡？
　　　(A) 他不把房間打掃乾淨，而且還弄得更亂，□□太讓人生氣了。
　　　(B) 大同很愛乾淨，□□是地上的一根頭髮，他也要打掃乾淨。
　　　(C) 晚上太安靜了，□□連走路的聲音都聽得見。
　　　(D) 這次的考試太難了，大家都考不好，□□還有人拿到零分。

	生詞	漢語拼音	文意解釋
1	網路	wǎnglù	อินเทอร์เน็ต
2	流行	liúxíng	เป็นที่นิยม
3	蹲	dūn	ย่อเข่า
4	照相	zhàoxiàng	ถ่ายรูป
5	姿勢	zīshì	ท่าทาง โพส
6	貓頭鷹	māotóuyīng	นกฮูก
7	動作	dòngzuò	ท่าทาง
8	意想不到	yìxiǎngbúdào	คาดไม่ถึง
9	除了	chúle	นอกจาก ยกเว้น
10	以外	yǐwài	นอกจากนี้ นอกเหนือ ยกเว้น
11	甚至	shènzhì	กระทั่ง
12	雕像	diāoxiàng	รูปแกะสลัก
13	任何	rènhé	ใด ๆ ก็ตาม
14	地點	dìdiǎn	สถานที่
15	驚訝	jīngyà	รู้สึกประหลาดใจ

三十八. 臺灣 小孩 學 英文
Táiwān xiǎohái xué yīngwén

(一)短 文
duǎnwén

你學 中 文 多久了呢？關於 學習 語言，有
nǐ xué zhōngwén duōjiǔ le ne guānyú xuéxí yǔyán yǒu

一個 有趣 的 小 故事。
yíge yǒuqù de xiǎogùshì

從 前，有 一個 爸爸 想要 讓 他的兒子學會
cóngqián yǒu yíge bàba xiǎngyào ràng tā de érzi xuéhuì

英 文。於是，他 找了一位 美國 的 老師來 教他。
yīngwén yúshì tā zhǎole yíwèi Měiguó de lǎoshī lái jiāo tā

老師 天天 教他的 兒子 說 英文，但是 下課
lǎoshī tiāntiān jiào tā de érzi shuō yīngwén dànshì xiàkè

之後，所有 的 人 都 還是 跟 小孩 說 中文，
zhīhòu suǒyǒu de rén dōu háishì gēn xiǎohái shuō zhōngwén

所以 他 一直 無法 學 得 很 好。
suǒyǐ tā yìzhí wúfǎ xué de hěnhǎo

雖然 這個人天天 都打他的兒子，希望他 能
suīrán zhège rén tiāntiān dōu dǎ tā de érzi xīwàng tā néng

學 得 好，但是 一點 都 沒有 用。
xué de hǎo dànshì yìdiǎn dōu méiyǒu yòng

後來，這個人 把 他的兒子帶到美 國，他很快
hòulái zhège rén bǎ tā de érzi dàidào Měiguó tā hěnkuài

就 學會了 英文。 這個 時候 如果 要求 他 說
jiù xuéhuìle yīngwén zhège shíhòu rúguǒ yāoqiú tā shuō

中 文，反而 就 沒 那麼 簡單 了。
zhōngwén fǎnér jiù méi nàme jiǎndān le

　　這個 故事 的 意思 是 指 環境 對 一個人 的
zhège gùshì de yìsi shì zhǐ huánjìng duì yíge rén de

影響 很大，如果 我們 想要 學會 一種 語言，
yǐngxiǎng hěndà rúguǒ wǒmen xiǎngyào xuéhuì yìzhǒng yǔyán

最 好 的 方法 就是 生 活 在 使用 那個 語言 的
zuì hǎo de fāngfǎ jiùshì shēnghuó zài shǐyòng nàge yǔyán de

環 境 中。
huánjìng zhōng

(二)問題
wèntí

———— 1. 爲什麼小孩剛開始英文學得不好？
　　(A) 老師教得不好
　　(B) 沒有人跟他說話
　　(C) 大家一直跟他說中文
　　(D) 小孩不努力學習

———— 2. 爲什麼小孩到了美國之後，很快就會說英文了？
　　(A) 爸爸一直打他
　　(B) 美國的老師比較好
　　(C) 他忘記怎麼說中文了
　　(D) 很多時候可以說英文

_____ 3. 短文告訴我們，如果學習新東西，什麼是最重要的？
　　　　(A) 國家
　　　　(B) 環境
　　　　(C) 爸爸
　　　　(D) 老師

_____ 4. 哪一個是對的？
　　　　(A) 小孩最後英文學得好，是因為老師的關係
　　　　(B) 因為爸爸打了小孩，所以小孩的英文才變好
　　　　(C) 爸爸幫小孩找了一位臺灣的老師
　　　　(D) 因為爸爸帶小孩到美國，所以小孩的英文變好了

_____ 5. 「反而」可以填放進下面哪一個句子的□□裡？
　　　　(A) 如果生病不好好休息，病不但不會好，□□還會變得更不好。
　　　　(B) 雖然這件衣服很舊了，□□還是很好穿。
　　　　(C) 半年不見，你不但長高，□□還變胖了。
　　　　(D) 為了明天的考試，我今天晚上□□要努力念書。

(三) 生　詞
shēngcí

	生詞	漢語拼音	文意解釋
1	關於	guānyú	เกี่ยวกับ
2	美國	Měiguó	ประเทศสหรัฐอเมริกา
3	無法	wúfǎ	ไม่มีทาง
4	打	dǎ	ตี
5	要求	yāoqiú	เรียกร้อง ต้องการ
6	反而	fǎnér	แต่กลับ
7	環境	huánjìng	สภาพแวดล้อม
8	影響	yǐngxiǎng	ส่งผลกระทบ
9	生活	shēnghuó	ใช้ชีวิต
10	使用	shǐyòng	ใช้งาน
11	練習	liànxí	ฝึกฝน
12	進步	jìnbù	ก้าวหน้า

三十九．三人 成 虎
sān rén chéng hǔ

(一)短文
duǎnwén

龐 恭 是 中 國 戰國 時代 魏國 的 大臣。
Pánggōng shì Zhōngguó Zhànguóshídài Wèiguó de dàchén

有一天，魏 王 要 求 他 跟 魏 王 的 兒子 到
yǒuyìtiān Wèiwáng yāoqiú tā gēn Wèiwáng de érzi dào

趙 國 去 生 活。
Zhàoguó qù shēnghuó

龐 恭 要 離開 以前，問 魏 王 説：「如果 有
Pánggōng yào líkāi yǐqián wèn Wèiwáng shuō rúguǒ yǒu

一個人 告訴 您：路上 有一隻 老虎，您會 相 信
yíge rén gàosù nín lùshàng yǒu yìzhī lǎohǔ nín huì xiāngxìn

嗎？」
ma

魏 王 説：「不會。」龐 恭 又 問：「如果 有
Wèiwáng shuō búhuì Pánggōng yòu wèn rúguǒ yǒu

第二 個人 告訴 您，路上 有一隻 老虎，您會 相
dièr ge rén gàosù nín lùshàng yǒu yìzhī lǎohǔ nín huì xiāng

信 嗎？」
xìn ma

魏 王 説：「我會 半信半疑。」龐 恭 又 再
Wèiwáng shuō wǒ huì bàn xìn bàn yí Pánggōng yòu zài

問：「如果 有 第三 個人 跑來 告訴您，路上 有
wèn　　rúguǒ yǒu dìsān ge rén pǎolái gàosù nín lùshàng yǒu

一隻老虎，您會 相 信嗎？」
yìzhī　lǎohǔ　nín huì　xiāngxìn ma

　　魏王 回答：「我 想 我 會 相 信。」龐 恭
　　Wèiwáng　huídá　　wǒ xiǎng wǒ　huì　xiāngxìn　Pánggōng

説：「大家都知道，路 上 這麼 熱鬧 的 地方，
shuō　　dàjiā dōu zhīdào　lùshàng　zhème　rènào de dìfāng

不可能 會有老虎。可是 如果 有 三個人 都
bù kěnéng　huì yǒu lǎohǔ　kěshì　rúguǒ yǒu　sānge rén　dōu

告訴您 路 上 有老虎，您 就會 相 信了。
gàosù nín lùshàng　yǒu lǎohǔ　nín jiùhuì　xiāngxìn le

我現在要到 趙 國去，如果 有人 在我 不在
wǒ xiànzài yào dào Zhàoguó qù　rúguǒ yǒu rén zài wǒ búzài

的 時候，跟您 説我 的 壞話，希望您 千萬
de shíhòu　gēn nín shuō wǒ de huàihuà　xīwàng nín qiānwàn

不要 相 信。」
búyào　xiāngxìn

　　這 就是 成語「三 人 成 虎」的 故事。
　　zhè jiùshì　chéngyǔ sān rén chéng hǔ　de gùshì

意思是：雖 然是假的事情，可是如果被大家一説
yìsi shì　　suīrán shì jiǎ de shìqíng　kěshì rúguǒ bèi dàjiā yì shuō

再説，別人也會 相 信那是眞的。
zài shuō　biérén yě huì　xiāngxìn nà shì zhēn de

(二)問題 wèntí

_____ 1. 爲什麼魏王第一個問題回答：「不會」？
    (A) 因爲只有一個人說路上有老虎
    (B) 因爲魏王看到路上沒有老虎
    (C) 因爲魏王不相信別人
    (D) 因爲魏王只相信龐恭說的話

_____ 2. 爲什麼龐恭要問魏王三次同樣的問題？
    (A) 希望自己離開後，魏王能相信自己
    (B) 希望魏王不要說他的壞話
    (C) 希望魏王知道路上有老虎
    (D) 希望魏王知道他不想去趙國

_____ 3. 哪個句子用的「可是」是對的？
    (A) 雖然你喜歡運動，「可是」你可以去打籃球。
    (B) 雖然我太晚起床，「可是」我今天上班沒有遲到。
    (C) 「可是」我喜歡吃蘋果，還喜歡吃西瓜。
    (D) 「可是」我喜歡英文，我也喜歡寫英文字。

_____ 4. 哪一個是對的？
    (A) 魏王要跟兒子去趙國
    (B) 如果有一個人說路上有老虎，魏王會相信
    (C) 魏王不會相信路上有老虎
    (D) 龐恭是魏國的大臣

_____ 5. 哪個有「三人成虎」的句子是不對的？

(A)王小姐沒有結婚。可是那時候很多人告訴我她結婚了，所以「三人成虎」，我相信王小姐結婚了。

(B)林老師家有三個孩子。每次有客人來的時候，三個孩子就會「三人成虎」地歡迎客人。

(C)我不相信教室會有一隻狗，但是「三人成虎」，大家都這麼說，我就相信了。

(D)以上都對

(三) 生 詞
shēngcí

	生詞詞	漢語拼音	文意解釋
1	戰國時代	Zhànguóshídài	ยุคจ้านกั๋ว
2	魏國	Wèiguó	รัฐเว่ย
3	大臣	dàchén	ขุนนาง
4	魏王	Wèiwáng	กษัตริย์แคว้นเว่ย
5	要求	yāoqiú	เรียกร้อง ต้องการ
6	趙國	Zhàoguó	รัฐจ้าว
7	老虎	lǎohǔ	เสือ
8	半信半疑	bàn xìn bàn yí	เชื่อครึ่งไม่เชื่อครึ่ง
9	壞話	huàihuà	คำนินทา
10	千萬	qiānwàn	เด็ดขาด
11	成語	chéngyǔ	สำนวน สุภาษิต
12	三人成虎	sān rén chéng hǔ	ข่าวลือที่ได้รับการเผยแพร่ซ้ำ ๆ จนผู้ฟังเชื่อว่าเป็นเรื่องจริง

四十. 嫦 娥 奔 月
Chángé bēn yuè

㈠短文
duǎnwén

從 前，天 上 有 十 個 太 陽，這 十 個 太 陽
cóngqián tiānshàng yǒu shíge tàiyáng zhè shíge tàiyáng

都 是 天 神 的 兒子。本 來 一 天 只 能 出 現 一 個
dōushì tiānshén de érzi běnlái yìtiān zhǐnéng chūxiàn yíge

太 陽，但 是 他 們 很 頑 皮，決 定 十 個 太 陽
tàiyáng dànshì tāmen hěn wánpí juédìng shíge tàiyáng

一 起 出 現。
yìqǐ chūxiàn

因 爲 十 個 太 陽 一 起 出 現，所 以 溫 度 變 得
yīnwèi shíge tàiyáng yìqǐ chūxiàn suǒyǐ wēndù biànde

很 高，河 都 乾 了，到 處 都 發 生 火 災。很 多 人
hěn gāo hé dōu gān le dàochù dōu fāshēng huǒzāi hěnduō rén

生 活 得 很 辛 苦，所 以 找 了 后 羿 來 幫 忙。后
shēnghuóde hěn xīnkǔ suǒyǐ zhǎole Hòuyì lái bāngmáng Hòu

羿 射 箭 的 技 術 很 好，他 射 下 了 九 個 太 陽，大 家
yì shèjiàn de jìshù hěnhǎo tā shèxiàle jiǔge tàiyáng dàjiā

終 於 又 可 以 過 著 正 常 的 日 子 了。
zhōngyú yòu kěyǐ guòzhe zhèngcháng de rìzi le

天 神 知 道 這 件 事 情 後 很 生 氣，於 是 他
tiānshén zhīdào zhè jiàn shìqíng hòu hěn shēngqì yúshì tā

把 后 羿 和 他 的 妻子 嫦 娥 送 到 人 間。后 羿 不
bǎ Hòuyì hé tā de qīzi Chángé sòngdào rénjiān Hòuyì bù

想　像 凡 人 一 樣 會 慢 慢 變 老，於 是 他 向 另
xiǎng xiàng fánrén yíyàng huì mànmàn biàn lǎo yúshì tā xiàng lìng

一個 神 仙 求 了 仙 藥。這 種 仙 藥 吃 了 就 可 以
yíge shénxiān qiúle xiānyào zhèzhǒng xiānyào chīle jiù kěyǐ

永 遠 年 輕，不 會 變 老，但 是 后 羿 捨 不 得 留
yǒngyuǎn niánqīng búhuì biànlǎo dànshì Hòuyì shěbùdé liú

下 嫦 娥 一 個 人，所 以 讓 嫦 娥 把 藥 收 起 來。
xià Chángé yíge rén suǒyǐ ràng Chángé bǎ yào shōuqǐlái

嫦　娥 心 裡 想：「仙 藥 只 有 一 顆，我 和 后 羿 一
Chángé xīnlǐ xiǎng xiānyào zhǐ yǒu yìkē wǒ hé Hòuyì yì

人 吃 一 半 可 以 永 遠
rén chī yíbàn kěyǐ yǒngyuǎn

年 輕，不 知 道 全 部 吃 掉
niánqīng bù zhīdào quánbù chīdiào

可 不 可 以 重 新 當 神 仙
kě bù kěyǐ chóngxīn dāng shénxiān

呢？」於 是 她 偷 偷 地
ne yú shì tā tōutōu de

把 藥 都 吃 光 了，後 來
bǎ yào dōu chīguāngle hòulái

她 就 飛 到 月 亮 上，
tā jiù fēidào yuèliàngshàng

永 遠 留 在 那 裡 了。
yǒngyuǎn liú zài nàlǐ le

(二)問題
wèntí

_____ 1. 為什麼那時候溫度變得很高，到處都是火災？
  (A) 壞人到處放火
  (B) 天上沒有太陽
  (C) 天上太多太陽了
  (D) 夏天太長了

_____ 2. 為什麼后羿想要得到仙藥？
  (A) 他想要把太陽射下來
  (B) 他不想變老
  (C) 他想要變成天帝
  (D) 他想要送給嫦娥當禮物

_____ 3. 哪一個是對的？
  (A) 天帝很高興，因為后羿幫了人類的忙
  (B) 仙藥全部有兩顆
  (C) 后羿射下了八個太陽
  (D) 最後嫦娥一個人飛到月亮上了

_____ 4. 「大同是班上最高的學生，小明希望能像大同一樣高」，哪個
  是對的？
  (A) 小明比大同矮
  (B) 班上還有人比大同高
  (C) 小明比大同高
  (D) 小明不喜歡大同的身高

_____ 5. a. 日子過太□了，沒想到一年就這樣過去了
  b. 這件衣服太□了，我穿不下，請幫我再換一件
  c. 夏天到了，外面的溫度總是很□
  d. 這碗飯太□了，我吃不下
  (A) a.慢，b.大，c.低，d.多
  (B) a.快，b.小，c.高，d.多
  (C) a.慢，b.大，c.低，d.少
  (D) a.快，b.小，c.高，d.少

㈢生 詞
shēngcí

	生詞	漢語拼音	文意解釋
1	天神	tiānshén	พระเจ้า เทพเจ้า
2	頑皮	wánpí	ดื้อ
3	溫度	wēndù	อุณหภูมิ
4	乾	gān	แห้ง
5	火災	huǒzāi	อัคคีภัย
6	射箭	shèjiàn	ยิงธนู
7	技術	jìshù	เทคนิค
8	妻子	qīzi	ภรรยา
9	人間	rénjiān	โลกมนุษย์
10	凡人	fánrén	คนธรรมดา
11	神仙	shénxiān	เทพเจ้า
12	仙藥	xiānyào	ยาเทวดา
13	捨不得	shěbùdé	ทิ้งไม่ลง
14	重新	chóngxīn	ทำซ้ำ เริ่มใหม่

四十一．問候 信
wènhòu xìn

(一)短 文
duǎnwén

楊 老 師：
Yáng lǎoshī

　　我 到 臺灣 已 經 兩 個 月 了，所 有 的 事
wǒ dào Táiwān yǐjīng liǎngge yuè le suǒyǒu de shì

情 都 很 好。
qíng dōu hěn hǎo

　　我 在 大 學 裡 學習 中 文，老師 和 同 學
wǒ zài dàxué lǐ xuéxí zhōngwén lǎoshī hé tóngxué

人 都 很 好，大家 都 很 照 顧 我。我 的 室 友
rén dōu hěn hǎo dàjiā dōu hěn zhàogù wǒ wǒ de shìyǒu

是 日本 人，他 學 了 五 年 的 中 文， 常 常
shì Rìběn rén tā xuéle wǔnián de zhōngwén chángcháng

教 我 很 多 我 不 懂 的 地 方，所 以 我 的
jiāo wǒ hěn duō wǒ bù dǒng de dìfāng suǒyǐ wǒ de

中 文 進步 得 很 快。
zhōngwén jìnbùde hěn kuài

　　下 課 之 後，我 們 常 常 一 起 去 看
xiàkè zhī hòu wǒmen chángcháng yìqǐ qù kàn

電影、運動 和 逛 夜市。夜市裡 有 很多
diànyǐng yùndòng hé guàng yèshì yèshìlǐ yǒu hěnduō

美 味的 小 吃，所 以 我 胖了八 公斤，如果
měiwèi de xiǎochī suǒyǐ wǒ pàngle bā gōngjīn rúguǒ

你們 看 到我 現 在 的 模 樣，應 該 認 不 出
nǐmen kàn dào wǒ xiànzài de móyàng yīnggāi rèn bùchū

我 了 吧！
wǒ le ba

　　同 學 都 還 好嗎？再 過 三 個月，這 裡
tóngxué dōu háihǎo ma zài guò sānge yuè zhèlǐ

的 學 習 就 要 結 束了，希 望 能 快 點 見 到
de xuéxí jiù yào jiéshù le xīwàng néng kuàidiǎn jiàn dào

你 們。
nǐmen

建 華
Jiànhuá

(二)問題
wèntí

———— 1. 建華一共會在臺灣留多久？

    (A) 兩個月

    (B) 三個月

    (C) 四個月

    (D) 五個月

———— 2. 建華到臺灣是因為什麼？

    (A) 看電影

    (B) 學習語言

    (C) 做運動

    (D) 交朋友

———— 3. 下面哪一個不是建華和室友下課後常去的地方？

    (A) 郵局

    (B) 體育館

    (C) 夜市

    (D) 電影院

———— 4. 下面哪一句「應該」的意思和「應該認不出我了吧」是一樣的？

    (A) 你應該把作業寫完再出去玩。

    (B) 你真不應該這麼做。

    (C) 明天應該會下雨，記得帶把傘。

    (D) 他這麼努力，得到第一名是應該的。

———— 5. 下面哪一個是錯的？

    (A) 老師和同學都對建華很好

    (B) 建華不喜歡夜市的食物

    (C) 建華室友的中文很好

    (D) 建華希望能快點回家

	生詞	漢語拼音	文意解釋
1	問候	wènhòu	ถามไถ่ (สารทุกข์สุกดิบ)
2	大學	dàxué	มหาวิทยาลัย
3	照顧	zhàogù	ดูแล
4	室友	shìyǒu	เพื่อนร่วมหอ
5	日本人	Rìběn rén	ชาวญี่ปุ่น
6	進步	jìnbù	ก้าวหน้า
7	電影	diànyǐng	ภาพยนตร์
8	運動	yùndòng	ออกกำลังกาย
9	夜市	yèshì	ตลาดกลางคืน
10	美味	měiwèi	อร่อย
11	小吃	xiǎochī	ของว่าง
12	胖	pàng	อ้วน
13	模樣	móyàng	รูปร่าง
14	認不出	rènbùchū	ดูไม่ออก
15	結束	jiéshù	เสร็จสิ้น สิ้นสุด

四十二．十二生肖
shíèrshēngxiào

（一）短 文
duǎnwén

「十二生肖」是 中 國 傳 統 的 記 年 方
shíèrshēngxiào shì Zhōngguó chuántǒng de jì nián fāng

式，意思是用 十二 種 不同的 動 物來紀錄年
shì yìsi shì yòng shíèrzhǒng bùtóng de dòngwù lái jìlù nián

分，這 十二 種 動 物是：鼠、牛、虎、兔、龍、
fēn zhè shíèr zhǒng dòngwù shì shǔ niú hǔ tù lóng

蛇、馬、羊、猴、雞、狗、豬。
shé mǎ yáng hóu jī gǒu zhū

你 知道 爲什麼 在 十二生肖 中 沒有
nǐ zhīdào wèishénme zài shíèrshēngxiào zhōng méiyǒu

貓，而老 鼠爲什麼 是 第一名 嗎？
māo ér lǎoshǔ wèishénme shì dìyī míng ma

很久以前的某一天，玉皇大帝決定要舉辦
hěnjiǔ yǐqián de mǒu yìtiān Yùhuáng dàdì juédìng yào jǔbàn

一場 過河比賽，先到 終 點的前 十二 種
yìchǎng guòhé bǐsài xiāndào zhōngdiǎn de qián shíèr zhǒng

動物就可以被選 爲十二生肖。
dòngwù jiù kěyǐ bèi xuǎn wéi shíèrshēngxiào

那個 時候，老鼠和貓還是 好朋友，在比
nàge shíhòu lǎoshǔ hé māo háishì hǎo péngyǒu zài bǐ

賽的前一天，他們討論過河的方法，貓說：
sài de qián yìtiān tāmen tǎolùn guòhé de fāngfǎ māo shuō

「我們可以請會游泳的牛背我們過去，他
wǒmen kěyǐ qǐng huì yóuyǒng de niú bēi wǒmen guòqù tā

這麼善良，一定會幫助我們的。」
zhème shànliáng yídìng huì bāngzhù wǒmen de

　　　第二天當牛背著老鼠和貓快到終
dìèr tiān dāng niú bēizhe lǎoshǔ hé māo kuài dào zhōng

點的時候，奸詐的老鼠就把貓推進河裡，
diǎn de shíhòu jiānzhà de lǎoshǔ jiù bǎ māo tuījìn hélǐ

自己從牛的頭上往前一跳，反而得到了
zìjǐ cóng niú de tóushàng wǎngqián yí tiào fǎnér dédàole

比賽的第一名。從此，貓一看見老鼠就特
bǐsài de dìyīmíng cóngcǐ māo yíkànjiàn lǎoshǔ jiù tè

別生氣，老鼠一見到貓就要跑，從那個
bié shēngqì lǎoshǔ yí jiàndào māo jiùyào pǎo cóng nàge

時候開始老鼠跟貓就變成仇人了。
shíhòu kāishǐ lǎoshǔ gēn māo jiù biànchéng chóurén le

鼠
shǔ

牛
niú

虎
hǔ

兔
tù

龍
lóng

蛇
shé

馬
mǎ

羊
yáng

猴
hóu

雞
jī

狗
gǒu

豬
zhū

(二)問題
wèntí

———— 1. 2011年是兔年，請問2013年是？
　　　(A) 牛年
　　　(B) 龍年
　　　(C) 蛇年
　　　(D) 虎年

———— 2. 「十二生肖」是用來記錄？
　　　(A) 月
　　　(B) 年
　　　(C) 日
　　　(D) 星期

———— 3. 為什麼貓這麼討厭老鼠？
　　　(A) 因為老鼠太奸詐了
　　　(B) 老鼠跑太快，貓追不上
　　　(C) 牛不想背貓渡河
　　　(D) 貓不想讓老鼠得到第一名

———— 4. 下面哪一句的「反而」是對的？
　　　(A) 他每天努力念書，這次考試「反而」得到了第一名。
　　　(B) 今天天氣這麼好，「反而」要出去玩。
　　　(C) 休息了三天，他的病「反而」好了。
　　　(D) 雖然失敗了，但她並不難過，「反而」更努力。

———— 5. 下面哪一句的「特別」和「貓一看見老鼠就特別生氣」是一樣
　　　的？
　　　(A) 今天是一個特別的日子。
　　　(B) 這本書很特別，你一定要看看。
　　　(C) 我的頭今天痛得特別厲害。
　　　(D) 有什麼特別的事發生嗎？

(三) 生 詞
shēngcí

	生詞	漢語拼音	文意解釋
1	十二生肖	shíèrshēngxiào	12 ราศี
2	傳統	chuántǒng	ดั้งเดิม
3	方式	fāngshì	วิธี
4	紀錄	jìlù	บันทึก
5	年分	niánfèn	ปี
6	鼠	shǔ	หนู
7	牛	niú	วัว
8	虎	hǔ	เสือ
9	兔	tù	กระต่าย
10	龍	lóng	มังกร
11	蛇	shé	งู
12	猴	hóu	ลิง
13	雞	jī	ไก่
14	玉皇大帝	Yùhuáng dàdì	เง็กเซียนฮ่องเต้
15	舉辦	jǔbàn	จัด
16	終點	zhōngdiǎn	จุดหมาย
17	游泳	yóuyǒng	ว่ายน้ำ
18	善良	shànliáng	จิตใจงดงาม
19	奸詐	jiānzhà	เจ้าเล่ห์
20	反而	fǎnér	ในทางกลับกัน
21	仇人	chóurén	ศัตรู

四十三．世界 麵包 冠軍——吳 寶 春
shìjiè miànbāo guànjūn　　Wú Bǎochūn

(一)短 文
duǎnwén

你喜歡 吃 麵包 嗎?如果 你喜歡 吃麵包,
nǐ xǐhuān chī miànbāo ma　rúguǒ nǐ xǐhuān chī miànbāo

那你一定 不能 不知道 吳 寶 春。他是 臺灣
nà nǐ yídìng bùnéng bùzhīdào Wú Bǎochūn tā shì Táiwān

一位 很有名 的 麵包 師傅,他打敗了 十六個
yíwèi hěn yǒumíng de miànbāo shīfù tā dǎbàile shíliùge

國家的三十二位 選手,得到了世界 麵 包比賽
guójiā de sānshíèrwèi xuǎnshǒu dédàole shìjiè miànbāo bǐsài

的 冠 軍。
de guànjūn

　　吳 寶 春 的爸爸 過 世得 很早,他從小 和
Wú Bǎochūn de bàba guòshì de hěnzǎo tā cóngxiǎo hé

媽媽一起 生活。家裡沒有 很多錢,他的媽媽
māma yìqǐ shēnghuó jiālǐ méiyǒu hěnduō qián tā de māma

必須 努力工作來養八個孩子長大。
bìxū nǔlì gōngzuò lái yǎng bāge háizi zhǎngdà

　　吳 寶 春 因為要 減 輕家裡的 負擔,所以
Wú Bǎochūn yīnwèi yào jiǎnqīng jiālǐ de fùdān suǒyǐ

十六歲就 離開 家裡到 麵 包 店工作。
shíliùsuì jiù líkāi jiālǐ dào miànbāo diàn gōngzuò

吳　寶　春　靠　著　他　的　麵　包　拿　到　了2010年　樂　斯
Wú Bǎochūn kàozhe　tā　de　miànbāo　nádàole　　nián lèsī

福　盂 (Coupe Louise Lesaffre)　麵　包　比　賽　的　冠　軍。
fú bēi　　　　　　　　　　　　　miànbāo　bǐsài　de　guànjūn

他　常　常　說「世　界　有　多　大，希　望　就　有　多　大」。
tā chángcháng shuō　shìjiè　yǒu　duōdà　xīwàng　jiù　yǒu duōdà

他　把　自　己　變　得　像　個　空　瓶　子，不　停　的　學　習。
tā bǎ　zìjǐ　biànde xiàng ge kōng píngzi　bùtíng　de　xuéxí

他　還　認　爲　自　己　一　點　天　分　都　沒　有，所　以　必　須
tā hái　rènwéi　zìjǐ　yìdiǎn tiānfèn dōu méiyǒu　suǒyǐ　bìxū

要　比　別　人　更　努　力，而　且　在　努　力　的　時　候，他　才
yào bǐ　biérén gèng nǔlì　　érqiě zài　nǔlì　de　shíhòu　tā cái

發　現　人　的　潛　力　原　來　這　麼　大。每　個　人　都　有
fāxiàn　rén de　qiánlì　yuánlái zhème　dà　měigerén　dōu yǒu

無　限　的　可　能，所　以　一　定　不　能　小　看　自　己！
wúxiàn　de　kěnéng　suǒyǐ yídìng　bùnéng　xiǎokàn　zìjǐ

(二)問題
wèntí

_____ 1. 看完上面的短文，吳寶春自認是一個怎樣的人？

　　　　(A) 運氣很好的人

　　　　(B) 害怕辛苦的人

　　　　(C) 有天分又努力學習的人

　　　　(D) 努力學習的人

———— 2. 哪一個是對的？

    (A) 吳寶春二十歲之後才到麵包店賺錢

    (B) 吳寶春不認為自己很聰明

    (C) 吳寶春沒有兄弟姊妹

    (D) 吳寶春在麵包比賽中得到了第二名

———— 3. 吳寶春把自己當作是一個「空瓶子」，是什麼意思？

    (A) 空瓶子是他媽媽送的禮物

    (B) 做麵包一定要用到空瓶子

    (C) 空瓶子可以裝進很多東西，就像他不斷地學習一樣

    (D) 他很努力賺錢，而且把賺的錢都放進空瓶子裡

———— 4. 「不能不知道」是什麼意思？

    (A) 不說也應該知道

    (B) 不知道也沒關係

    (C) 一定要知道

    (D) 一定不知道

———— 5. 「一點天分都沒有」是什麼意思？

    (A) 很有天分

    (B) 非常有天分

    (C) 完全沒有天分

    (D) 只有一點天分

(三) 生 詞
shēngcí

	生詞	漢語拼音	文意解釋
1	師傅	shīfù	ครู (หมายถึง บุคคลผู้มีความรู้เฉพาะทางในสายอาชีพ)
2	打敗	dǎbài	ชนะ
3	選手	xuǎnshǒu	ผู้เข้าร่วมการแข่งขัน

	生詞	漢語拼音	文意解釋
4	冠軍	guànjūn	รางวัลชนะเลิศ
5	過世	guòshì	เสียชีวิต
6	養	yǎng	เลี้ยง
7	減輕	jiǎnqīng	ลด
8	負擔	fùdān	ภาระ
9	學徒	xuétú	ศิษย์
10	變	biàn	เปลี่ยน
11	空	kōng	ว่างเปล่า
12	天分	tiānfèn	พรสวรรค์
13	潛力	qiánlì	ศักยภาพ
14	無限	wúxiàn	ไร้ขีดจำกัด
15	可能	kěnéng	ความเป็นไปได้
16	小看	xiǎokàn	ดูถูก

四十四．購物
gòuwù

(一)短文
duǎnwén

我 的 名字 叫做 品書。我 來 臺灣 讀書
wǒ de míngzì jiàozuò Pǐnshū wǒ lái Táiwān dúshū

已經三個 月 了，我 覺得 臺灣 是 一個 買 東 西
yǐjīngsānge yuè le wǒ juéde Táiwān shì yíge mǎi dōngxi

很 方 便 的 地方，這 讓 喜歡 逛街 和 購物
hěn fāngbiàn de dìfāng zhè ràng xǐhuān guàngjiē hàn gòuwù

的 我，非 常 開 心。
de wǒ fēicháng kāixīn

我 家 附近 有 很 多 商 店，有 書店、超 市，
wǒ jiā fùjìn yǒu hěnduō shāngdiàn yǒu shūdiàn chāoshì

還 有 百 貨 公 司。下 課 後 我 常 常 和 朋 友
hái yǒu bǎihuògōngsī xiàkè hòu wǒ chángcháng hé péngyǒu

一起去書 店買書。有 時 候我 則 喜歡 一個人
yìqǐ qù shūdiàn mǎi shū yǒu shíhòu wǒ zé xǐhuān yíge rén

去 超 市 買 晚 餐 的 材料，常 常 一 個 不 小 心，
qù chāoshì mǎi wǎncān de cáiliào chángcháng yíge bùxiǎoxīn

就 拿 著 大 包 小 包 回 家。週 末 的 時 候，我 最
jiù názhe dàbāo xiǎobāo huíjiā zhōumò de shíhòu wǒ zuì

喜 歡 去 逛 百 貨 公 司 了，如 果 碰 到 打 折，
xǐhuān qù guàng bǎihuògōngsī le rúguǒ pèngdào dǎzhé

我 就 會 買 幾 件 漂 亮 的 衣 服。
wǒ jiùhuì mǎi jǐjiàn piàoliàng de yīfú

對了！我 最 喜 歡 逛 的 還 有「二 手 市 場」，
duìle wǒ zuì xǐhuān guàng de háiyǒu èrshǒushìchǎng

市 場 裡 常 常 會 賣 很 多 特 別 的 東 西。
shìchǎng lǐ chángcháng huì mài hěnduō tèbié de dōngxi

雖 然 有 的 不 是 全 新 的 物 品，但 是 外 表 看
suīrán yǒude búshì quánxīn de wùpǐn dànshì wàibiǎo kàn

起 來 還 很 新，而 且 價 格 也 很 低。如 果 再 跟
qǐlái hái hěn xīn érqiě jiàgé yě hěn dī rúguǒ zài gēn

老 闆 殺 價，價 格 還 會 更 低。有 時 候 在 市 場
lǎobǎn shājià jiàgé hái huì gèng dī yǒu shíhòu zài shìchǎng

裡 逛 逛，常 常 可 以 發 現 很 多「物 超 所
lǐ guàngguàng chángcháng kěyǐ fāxiàn hěnduō wù chāo suǒ

值」的 東西，我 的 臺灣 朋 友 說 這 就 叫 做
zhí　de　dōngxi　wǒ　de Táiwān péngyǒu shuō zhè　jiù jiàozuò

「挖 寶」，眞 是 一個 有 趣 的 名 字！
wābǎo　　zhēnshì　yíge　yǒuqù　de　míngzì

(二)問題
wèntí

_____ 1. 「二手市場」裡賣的是什麼東西？
　　　　　(A) 特別的東西
　　　　　(B) 全新的東西
　　　　　(C) 用過的東西
　　　　　(D) 看起來很漂亮的東西

_____ 2. 「殺價」是什麼意思？
　　　　　(A) 希望能買到全新的東西
　　　　　(B) 希望價格更高
　　　　　(C) 希望能買到特別的東西
　　　　　(D) 希望價格更低

_____ 3. 下面哪一個是對的？
　　　　　(A) 品書週末喜歡去逛百貨公司
　　　　　(B) 二手市場裡賣的東西看起來都很舊
　　　　　(C) 品書最喜歡逛書店
　　　　　(D) 二手市場裡賣的東西價格都很高

_____ 4. 「一個不小心」是什麼意思？
　　　　　(A) 很小心
　　　　　(B) 很危險
　　　　　(C) 沒有注意到
　　　　　(D) 希望趕快發生

_____ 5. 「已經」可以放在下面哪一個句子的□□裡？

    (A) 這個題目很難，我□□想到答案。

    (B) 不能再吃了！我□□很飽了。

    (C) 這麼巧！我□□才想到你，你就打電話來了。

    (D) 我□□正要出門買東西，你和我一起去吧！

(三) 生 詞
shēngcí

	生詞	漢語拼音	文意解釋
1	東西	dōngxi	สิ่งของ
2	方便	fāngbiàn	สะดวกสบาย
3	逛街	guàngjiē	เดินช้อปปิ้ง
4	購物	gòuwù	ช้อปปิ้ง
5	商店	shāngdiàn	ร้านค้า
6	則	zé	กลับ (คำเชื่อม)
7	材料	cáiliào	วัตถุดิบ
8	逛	guàng	เดินเล่น
9	百貨公司	bǎihuògōngsī	ห้างสรรพสินค้า
10	碰	pèng	เจอ
11	打折	dǎzhé	ลดราคา
12	二手市場	èrshǒushìchǎng	ตลาดสินค้ามือสอง
13	外表	wàibiǎo	สภาพภายนอก
14	價格	jiàgé	ราคา
15	殺價	shājià	ต่อราคา
16	物超所值	wùchāosuǒzhí	คุ้มค่า คุ้มราคา

四十五．筷子
kuàizi

(一)短 文
duǎnwén

中 國 人 用「筷 子」吃 飯，與 西 方 人 使用
Zhōngguórén yòng kuàizi chīfàn yǔ xīfāngrén shǐyòng

刀子和 叉子吃 飯不一 樣。對 第 一次 使 用 筷子的
dāozi hé chāzi chīfàn bùyíyàng duì dìyīcì shǐyòng kuàizi de

外 國 人 來 說，這是一件 非常 不簡單 的事 情。
wàiguórén láishuō zhèshì yíjiàn fēicháng bù jiǎndān de shìqíng

但是你 知道 嗎？中 國 人 使 用 筷子的 歷史
dànshì nǐ zhīdào ma Zhōngguórén shǐyòng kuàizi de lìshǐ

已 經 有 三千 多 年 了，而且 在 最早 的 時候，
yǐjīng yǒu sānqiānduōnián le érqiě zài zuìzǎo de shíhòu

只 有 富 有 的 人才 可 以 使用 筷子，一般 的 人
zhǐyǒu fùyǒu de rén cái kěyǐ shǐyòng kuàizi yìbān de rén

160

只 能 用 手 吃飯，所以「筷 子」在 那個 時 候 代
zhǐnéng yòng hǒu chīfàn suǒyǐ kuàizi zài nàge shíhòu dài

表了身分和 地位。
biǎole shēnfèn hé dìwèi

在 不一樣 的 場合 送「筷 子」，也 代 表
zài bùyíyàng de chǎnghé sòng kuàizi yě dàibiǎo

不 同 的 祝福。因爲 一 雙 筷子 有 兩 根，
bù tóng de zhùfú yīnwèi yìshuāng kuàizi yǒu liǎng gēn

所以 送 情侶 筷子 有「成 雙 成 對」，
suǒyǐ sòng qínglǚ kuàizi yǒu chéng shuāng chéng duì

永 遠 不 分開 的 意思。
yǒngyuǎn bù fēn kāi de yìsi

又 因爲「筷」和「快」的 發音 一 樣，「快」
yòu yīnwèi kuài hé kuài de fāyīn yíyàng kuài

是 快 點 的意思，所以 送 結婚 的 人 筷子 有
shì kuàidiǎn de yìsi suǒyǐ sòng jiéhūn de rén kuàizi yǒu

「快點生孩子」的意思；送 滿月 的 小孩 筷子，
kuàidiǎn shēng háizi de yìsi sòng mǎnyuè de xiǎohái kuàizi

則是 希望 他「快 點 長 大」。
zéshì xīwàng tā kuàidiǎn zhǎngdà

(二)問題
wèntí

_____ 1. 以前什麼樣的人才可以使用筷子？
　　　　(A) 一般的人
　　　　(B) 有錢的人
　　　　(C) 聰明的
　　　　(D) 每個人都可以使用

_____ 2. 第一次使用筷子的外國人，覺得怎麼樣？
　　　　(A) 很簡單
　　　　(B) 很有趣
　　　　(C) 很不容易
　　　　(D) 很奇怪

_____ 3. 爲什麼送筷子給情侶，有「成雙成對」的意思？
　　　　(A) 因爲「筷」和「快」發音相同
　　　　(B) 因爲筷子的形狀細細長長的
　　　　(C) 因爲情侶吃飯都會用到筷子
　　　　(D) 因爲一雙筷子有兩根，必須一起使用，不能分開

_____ 4. 「一雙」後面可以接下面哪一個名詞？
　　　　(A) 傘
　　　　(B) 眼鏡
　　　　(C) 鞋子
　　　　(D) 桌子

_____ 5. 「對於」可以放進下面哪一個句子的□□裡？
　　　　(A) 我今天看了一本□□學習中文的書。
　　　　(B) 我□□這件事非常清楚。
　　　　(C) □□你動作太慢，所以我們都遲到了。
　　　　(D) □□你怎麼說，我都要這樣做。

(三)生 詞
shēngcí

	生詞	漢語拼音	文意解釋
1	筷子	kuàizi	ตะเกียบ
2	刀子	dāozi	มีด
3	叉子	chāzi	ส้อม
4	歷史	lìshǐ	ประวัติศาสตร์
5	富有	fùyǒu	มั่งมี รวย
6	一般	yìbān	ทั่วไป
7	代表	dàibiǎo	แสดงถึง
8	身分	shēnfèn	สถานะ
9	地位	dìwèi	ตำแหน่งทางสังคม
10	場合	chǎnghé	สถานที่
11	祝福	zhùfú	การอวยพร
12	情侶	qínglǚ	คู่รัก
13	成雙成對	chéng shuāng chéng duì	คู่ครอง
14	發音	fāyīn	การออกเสียง
15	滿月	mǎnyuè	(ลูก) ครบเดือน

四十六. 情人節 趣事
Qíngrénjié qùshì

今天是 情人節，也是一個重 要的日子，因
jīntiān shì Qíngrénjié yě shì yíge zhòngyào de rìzi yīn

爲我 想 準備一個驚喜向 我的女朋 友求婚。
wèi wǒ xiǎng zhǔnbèi yíge jīngxǐ xiàng wǒ de nǚpéngyǒu qiúhūn

她最喜歡 的點心是 巧克力 蛋糕，所以我
tā zuì xǐhuān de diǎnxīn shì qiǎokèlì dàngāo suǒyǐ wǒ

就把戒指偷偷地藏在裡面，這樣她吃蛋糕
jiù bǎ jièzhǐ tōutōu de cáng zài lǐmiàn zhèyàng tā chī dàngāo

的時候，就會發現 我幫她準備的禮物。
de shíhòu jiù huì fāxiàn wǒ bāng tā zhǔnbèi de lǐwù

爲了讓她快點 找到戒指，於是我跟她
wèile ràng tā kuàidiǎn zhǎodào jièzhǐ yú shì wǒ gēn tā

說：「親愛的，我們來比賽，看誰可以先把蛋糕
shuō qīnàide wǒmen lái bǐsài kàn shéi kěyǐ xiān bǎ dàngāo

吃完。」沒有 想到她的肚子眞的很餓，大口大
chīwán méiyǒu xiǎngdào tā de dùzi zhēnde hěn è dà kǒu dà

口的吃蛋糕，居然也把戒指吃進肚子裡了！
kǒu de chī dàngāo jūrán yě bǎ jièzhǐ chījìn dùzilǐ le

最後，我們只好在醫院度過情人節，眞
zuìhòu wǒmen zhǐhǎo zài yīyuàn dù guò Qíngrénjié zhēn

是一點 都 不 浪 漫！而且她 看 到 這 枚 戒 指，也
shì yìdiǎn dōu bú làngmàn　érqiě tā kàndào zhè méi jièzhǐ　yě

已 經 是 三 天 後 的 事 情 了。
yǐjīng shì sāntiān hòu de shìqíng le

(二)問題
wèntí

──────── 1. 準備戒指是因為？

(A) 贏得比賽的人可以得到戒指

(B) 女朋友生日

(C) 想跟女朋友求婚

(D) 買巧克力蛋糕就送戒指

_____ 2. 請問「偷偷地藏在裡面」的「偷偷地」是什麼意思？

    (A) 告訴很多人

    (B) 很小心

    (C) 拿別人的東西

    (D) 不讓別人知道

_____ 3. 下面哪一個是對的？

    (A) 女朋友把戒指吞進肚子裡了

    (B) 女朋友馬上就收到了戒指，而且很喜歡

    (C) 女朋友不喜歡蛋糕

    (D) 他們度過了浪漫的情人節

_____ 4. 請問「沒想到」是什麼意思？

    (A) 題目很難，想不出答案

    (B) 本來想不到的事情發生了

    (C) 忘了事情

    (D) 已經想到的事情發生了

_____ 5. 請問「一點也不浪漫」是什麼意思？

    (A) 很不浪漫

    (B) 有一點浪漫

    (C) 很浪漫

    (D) 非常浪漫

(三) 生 詞
shēngcí

	生詞	漢語拼音	文意解釋
1	情人節	Qíngrénjié	วันวาเลนไทน์
2	重要	zhòngyào	สำคัญ
3	準備	zhǔnbèi	เตรียม จัดเตรียม

	生詞	漢語拼音	文意解釋
4	驚喜	jīngxǐ	ประหลาดใจ
5	求婚	qiúhūn	ขอแต่งงาน
6	點心	diǎnxīn	ขนมว่าง
7	巧克力蛋糕	qiǎokèlì dàngāo	เค้กช็อกโกแลต
8	戒指	jièzhǐ	แหวน
9	偷偷	tōutōu	แอบ
10	藏	cáng	ซ่อน
11	親愛	qīnài	ที่รัก
12	比賽	bǐsài	การแข่งขัน
13	肚子	dùzi	ท้อง (อวัยวะ)
14	餓	è	หิว
15	居然	jūrán	ไม่นึกเลยว่าจะ.....
16	度過	dùguò	ผ่านพ้น
17	浪漫	làngmàn	โรแมนติก

四十七. 塞 翁 失 馬
sài wēng shī mǎ

(一)短 文
duǎnwén

很 久 以 前，中 國 的 邊 疆 附近 有 一個 老人。
hěnjiǔ yǐqián Zhōngguó de biānjiāng fùjìn yǒu yíge lǎorén

他家 的 馬 跑出去 好幾天，都 沒 有 跑 回來。
tājiā de mǎ pǎochūqù hǎojǐ tiān dōu méiyǒu pǎo huílái

他 的 鄰居 知 道 了，都 去 安慰 他。
tā de línjū zhīdào le dōu qù ānwèi tā

老人 說：「這 沒 什麼，說 不 定 還 會有 好
lǎorén shuō zhè méishénme shuōbúdìng hái huì yǒu hǎo

事 情 發 生 呢！」
shìqíng fāshēng ne

後 來，老人 的 馬 跑 回來了，有 一匹 好馬 也 跟
hòulái lǎorén de mǎ pǎo huílái le yǒu yìpī hǎomǎ yě gēn

著 老人 的 馬 一 起 回來。
zhe lǎorén de mǎ yìqǐ huílái

鄰居 知 道 了，都 跟老人 說 恭喜。
línjū zhīdào le dōu gēn lǎorén shuō gōngxǐ

老人 回答：「這 也 沒 什麼，不 用 太 高 興，
lǎorén huídá zhè yě méishénme búyòng tài gāoxìng

說不定 以後 會 發 生 壞事 呢！」
shuōbúdìng yǐhòu huì fāshēng huàishì ne

不久，老人 的 兒子騎馬 跌倒，腿 斷 了。
bùjiǔ lǎorén de érzi qímǎ diédǎo tuǐ duàn le

鄰居又 跑 去安慰 老人。
línjū yòu pǎo qù ānwèi lǎorén

老人 說：「腿 斷了，說 不 定 是 好事呢！」
lǎorén shuō tuǐ duàn le shuōbúdìng shì hǎoshì ne

過了一年，邊 疆附近發生 戰 爭，很 多人
guòle yìnián biānjiāng fùjìn fāshēng zhànzhēng hěnduō rén

都 因爲參加戰 爭 而 死掉了。老人 的 兒子因爲
dōu yīnwèi cānjiā zhànzhēng ér sǐ diào le lǎorén de érzi yīnwèi

腿 斷 了，所以 幸 運 地 不用 去 參加 戰 爭。
tuǐ duàn le suǒyǐ xìngyùnde búyòng qù cānjiā zhànzhēng

這就是 成語「塞翁 失馬」的 故事。
zhè jiùshì chéngyǔ sài wēng shī mǎ de gùshì

意思是：雖然 發 生了 不 好 的 事情，但 也
yìsi shì suīrán fāshēngle bùhǎo de shìqíng dàn yě

因爲這樣而 得 到了好 處。
yīnwèi zhèyàng ér dédàole hǎochù

所以，好事未必就一 定 好，壞 事也 不一 定
suǒyǐ hǎoshì wèibì jiù yídìng hǎo huàishì yě bù yídìng

就不好。
jiù bù hǎo

(二)問題
wèntí

_____ 1. 你覺得「安慰」在短文中是什麼意思？

    (A) 請老人再買新的馬

    (B) 希望老人身體健康

    (C) 跟老人說對不起

    (D) 請老人不要難過

_____ 2. 爲什麼老人說：「這沒什麼」？

    (A) 老人沒有馬了

    (B) 老人覺得「馬跑走了」不是重要的事情

    (C) 老人覺得跑走的馬不是好馬

    (D) 老人想買新的馬

_____ 3. 老人的家裡一共發生了幾次不好的事情？

    (A) 1

    (B) 2

    (C) 3

    (D) 4

_____ 4. 你覺得什麼時候回答「這沒什麼！」比較好？

    (A) 同學對你說：「謝謝你的幫忙！」

    (B) 朋友告訴你：「我的爸爸昨天生病了。」

    (C) 老師生氣地問你：「你怎麼沒有寫功課？」

    (D) 媽媽問你：「你什麼時候要回家？」

_____ 5. 下面哪一個正確？

    (A) 老人的馬沒有回來

    (B) 老人的馬跑走了，老人覺得很難過

    (C) 老人覺得腿斷了不一定是壞事

    (D) 老人的兒子參加戰爭死掉了

(三) 生 詞
shēngcí

	生詞	漢語拼音	文意解釋
1	邊疆	biānjiāng	ชายแดน
2	鄰居	línjū	เพื่อนบ้าน
3	安慰	ānwèi	ปลอบใจ
4	沒什麼	méishénme	ไม่มีอะไร
5	說不定	shuōbúdìng	บางที
6	匹	pī	ตัว (ลักษณนามของม้า)
7	不久	bùjiǔ	ในไม่ช้า
8	跌倒	diédǎo	ตก ล้ม
9	斷	duàn	หยุด ขาด
10	戰爭	zhànzhēng	สงคราม
11	幸運	xìngyùn	โชคดี
12	成語	chéngyǔ	สำนวน สุภาษิต
13	塞翁失馬	sài wēng shī mǎ	เรื่องเคราะห์ร้ายที่เกิดขึ้นอาจจะนำโชคมาให้
14	得到	dédào	ได้รับ
15	好處	hǎochù	ประโยชน์
16	未必	wèibì	ไม่จำเป็นต้อง

四十八．陳 樹菊
Chén Shùjú

(一)短 文
duǎnwén

臺 灣 是 個 很 有 愛心 的 地方，你 知 道
Táiwān shì ge hěn yǒu àixīn de dìfāng nǐ zhīdào

陳 樹 菊 這 個 人 嗎？
Chén Shùjú zhè ge rén ma

　陳 樹菊 是2010年《時代 雜誌》「時代 百大 人
Chén Shùjú shì nián Shídài zázhì shídài bǎidà rén

物」中 的 其中 一位。她 是臺灣 人，住 在 臺東。
wù zhōng de qízhōng yíwèi tā shì Táiwān rén zhùzài Táidōng

　她13歲 的 時候，媽媽 生 病死掉了。
tā suì de shíhòu māma shēngbìng sǐdiào le

　陳 樹菊 是 家裡的「長 女」，所 以 她 決定
Chén Shùjú shì jiālǐ de zhǎngnǚ suǒyǐ tā juédìng

不去 上 學，要 幫 忙 爸爸 工作。她 在 市 場
búqù shàngxué yào bāngmáng bàba gōngzuò tā zài shìchǎng

賣菜 賺 錢，讓 哥哥、弟弟 和 妹妹 可以 去 上 學。
màicài zhuànqián ràng gēge dìdi hé mèimei kěyǐ qù shàngxué

　她一天 工作19個小 時，但只吃 一餐、只花100
tā yìtiān gōngzuò ge xiǎoshí dàn zhǐ chī yìcān zhǐ huā

元。雖 然 她沒有 錢，而且 工作 很辛苦，可是，
yuán suīrán tā méiyǒu qián érqiě gōngzuò hěn xīnkǔ kěshì

她還是會把自己的錢拿出來 幫助 別人。
tā háishì huì bǎ zìjǐ de qián náchūlái bāngzhù biérén

這麼多年來，她一共 捐 出了1,000 萬元，
zhème duōnián lái tā yígòng juānchūle wàn yuán

幫 助過沒有爸媽的孩子 上 學，也 幫 助了她
bāngzhù guò méiyǒu bàmā de háizi shàngxué yě bāngzhùle tā

念 過 的 小學蓋 圖書 館。
niànguò de xiǎoxué gài túshūguǎn

當 她知道她是《時代 雜誌》的 百大 人物
dāng tā zhīdào tā shì Shídài zázhì de bǎidà rénwù

時，她説：「這不算 什麼。」她希望 以後
shí tā shuō zhè búsuàn shénme tā xīwàng yǐhòu

可以再存1,000 萬 元，讓 沒有錢 的人也可以看
kěyǐ zài cún wàn yuán ràng méiyǒu qián de rén yě kě yǐ kàn

醫 生、有 飯吃。
yīshēng yǒu fànchī

她認爲：「錢，要給需要的人才 有 用。」
tā rènwéi qián yào gěi xūyào de rén cái yǒuyòng

(二)問題
wèntí

_____ 1. 什麼是「長女」？

    (A) 爸媽的第一個兒子

    (B) 爸媽的第二個女兒

    (C) 爸媽的第一個女兒

    (D) 爸媽的最高的女兒

_____ 2. 為什麼陳樹菊不去上學？

    (A) 她覺得自己很聰明

    (B) 她不喜歡上學

    (C) 她喜歡賣菜

    (D) 她要幫忙她的爸爸賺錢

_____ 3. 為什麼陳樹菊說「這不算什麼」？

    (A) 她算不出來她有多少錢

    (B) 她不想算她有多少錢

    (C) 她不喜歡《時代》雜誌

    (D) 她覺得人做好事是當然的

_____ 4. 陳樹菊還沒有做過哪件事情？

    (A) 幫助小學蓋圖書館

    (B) 幫助沒有錢的人看醫生

    (C) 幫助沒有爸媽的孩子上學

    (D) 幫助爸爸賣菜

_____ 5. 哪個句子用的「雖然」是對的？

    (A) 雖然你喜歡運動，你可以去打籃球。

    (B) 雖然我太晚起床，所以我今天上班遲到了。

    (C) 我雖然喜歡吃蘋果，還喜歡吃西瓜。

    (D) 雖然我喜歡英文，可是我不喜歡寫英文字。

(三)生詞
shēngcí

	生詞	漢語拼音	文意解釋
1	愛心	àixīn	จิตใจที่เปี่ยมไปด้วยความรัก
2	時代雜誌	Shídài zázhì	นิตยสารไทม์
3	時代百大人物	Shídài bǎidà rénwù	100 บุคคลผู้ทรงอิทธิพลของโลก
4	其中	qízhōng	หนึ่งใน
5	臺灣	Táiwān	ไต้หวัน
6	臺東	Táidōng	เมืองไถตง
7	死	sǐ	ตาย
8	長女	zhǎngnǚ	ลูกสาวคนโต
9	賺錢	zhuànqián	หารายได้
10	花	huā	ดอกไม้
11	捐	juān	บริจาค
12	蓋	gài	สร้าง
13	以來	yǐlái	นับตั้งแต่
14	當	dāng	เมื่อ
15	這不算什麼	zhè búsuàn shénme	นี่เพียงเล็กน้อย
16	存	cún	ฝาก (เงิน) เก็บรักษา

四十九、許記 生 煎 包
Xǔjì　shēngjiānbāo

(一)短文
duǎnwén

來到 臺北市 的「師大 夜市」，你 非 吃「許記
láidào Táiběishì de Shīdà yèshì nǐ fēi chī Xǔjì

生 煎 包」不可。
shēngjiānbāo bùkě

175

「許記 生煎包」是 師大 夜市 裡面 有 名 的
Xǔjì shēngjiānbāo shì Shīdà yèshì lǐmiàn yǒumíng de

小 吃。小 小 的 一個 生 煎 包 裡面，有 高 麗菜 和
xiǎochī xiǎoxiǎo de yíge shēngjiānbāo lǐmiàn yǒu gāolícài hé

豬 肉，上 面 還有 白芝麻。很多 客人 吃了 以後，
zhūròu shàngmiàn háiyǒu báizhīmá hěnduō kèrén chīle yǐhòu

都 愛 上 它 的 味道，吃了 還 想 再 吃。
dōu àishàng tā de wèidào chīle hái xiǎng zài chī

「許記 生煎包」在 師大 夜市 已經 賣了 二十
Xǔjì shēngjiānbāo zài Shīdà yèshì yǐjīng màile èrshí

幾年了，每 天的 生意 都 很好，常 常 都 可以 看到
jǐnián le měitiān de shēngyì dōu hěnhǎo chángcháng dōu kěyǐ kàndào

「大排 長 龍」的 客人 等 著 買 生 煎 包。
dà pái cháng lóng de kèrén děngzhe mǎi shēngjiānbāo

聽 說「許記生 煎 包」一天 大 約 可以 賣 一
tīngshuō Xǔjì shēngjiānbāo yìtiān dàyuē kěyǐ mài yì

千 個，老 闆 賣 完 就 休息 了。
qiānge　　lǎobǎn　màiwán jiù xiūxí　le

如果 你 想 來 試試 看 生 煎包 的 味道，千
rúguǒ　nǐ xiǎng lái shìshi kàn shēngjiānbāo de wèidào qiān

萬 不要 太 晚 來，不 然 就 吃不到 好吃 的 生
wàn　búyào tài wǎn lái　bùrán　jiù　chībúdào hǎochī de shēng

煎 包 了！
jiānbāo　le

(二)問題
wèntí

_____ 1. 什麼是「非吃許記生煎包不可」？
　　　　　　　(A) 一定要吃許記生煎包
　　　　　　　(B) 不可以吃許記生煎包
　　　　　　　(C) 可以不吃許記生煎包
　　　　　　　(D) 可以吃，也可以不吃許記生煎包

_____ 2. 哪個不是做「生煎包」會用到的東西？
　　　　　　　(A) 白芝麻
　　　　　　　(B) 高麗菜
　　　　　　　(C) 花生
　　　　　　　(D) 豬肉

_____ 3. 「許記生煎包每天的生意都很好」的意思是？
　　　　　　　(A) 買生煎包的客人不多
　　　　　　　(B) 買生煎包的客人很少
　　　　　　　(C) 買生煎包的客人很多
　　　　　　　(D) 買生煎包的客人很好

_____ 4. 哪一個是錯的？

　　(A) 師大夜市裡面有許記生煎包

　　(B) 許記生煎包已經賣了二十幾年了

　　(C) 客人吃了一次生煎包就不想再吃

　　(D)「許記生煎包」一天可以賣一千個

_____ 5. 哪個句子跟圖片的意思不一樣？

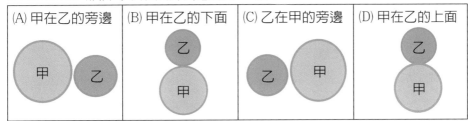

| (A) 甲在乙的旁邊 | (B) 甲在乙的下面 | (C) 乙在甲的旁邊 | (D) 甲在乙的上面 |

(三) 生 詞
shēngcí

	生詞	漢語拼音	文意解釋
1	臺北市	Táiběishì	กรุงไทเป
2	師大夜市	Shīdà yèshì	ตลาดกลางคืนซือต้า
3	非……不可	fēi ……bùkě	ไม่.......ไม่ได้ (ต้องทำ)
4	許記生煎包	Xǔjì shēngjiānbāo	ซาลาเปาทอด ร้านซวี่จี้
5	有名	yǒumíng	มีชื่อเสียง
6	小吃	xiǎochī	ของว่าง
7	高麗菜	gāolícài	กะหล่ำปลี
8	豬肉	zhūròu	เนื้อหมู
9	白芝麻	báizhīmá	งาขาว
10	生意	shēngyì	ธุรกิจ ค้าขาย
11	大排長龍	dàpáichánglóng	คิวยาว
12	大約	dàyuē	ประมาณ
13	老闆	lǎobǎn	นายจ้าง
14	千萬	qiānwàn	เด็ดขาด
15	晚	wǎn	สาย มาช้า
16	不然	bùrán	มิฉะนั้น

五十. 大胃王 小林 樽
dàwèiwáng　　Xiǎolín Zūn

(一) 短文
duǎnwén

你知道在中文中，我們叫「短時間
nǐ zhīdào zài zhōngwén zhōng wǒmen jiào duǎn shíjiān

內可以吃下很多食物的人」什麼嗎？答案
nèi kěyǐ chīxià hěnduō shíwù de rén shénme ma dáàn

就是——大胃王。
jiùshì dàwèiwáng

小林樽是日本的大胃王。
Xiǎolín Zūn shì Rìběn de dàwèiwáng

在2001年，也就是小林樽23歲的時候。他參
zài nián yě jiùshì Xiǎolín Zūn suì de shíhòu tā cān

加了美國紐約舉辦的「國際吃熱狗大賽」。他
jiā le Měiguó Niǔyuē jǔbàn de guójì chī règǒu dàsài tā

在12分鐘以內吃下了50支熱狗，得到了冠軍。
zài fēnzhōng yǐnèi chīxiàle zhī règǒu dédào le guànjūn

從那一年開始，小林樽每年都會參加
cóng nà yìnián kāishǐ Xiǎolín Zūn měinián dōuhuì cānjiā

「國際吃熱狗大賽」，並且之後得到了5次
guójì chī règǒu dàsài bìngqiě zhīhòu dédào le cì

冠軍。直到 2007年輸給了Joey Chestnut 為止。
guànjūn zhídào nián shūgěile wéizhǐ

2010年的「國際吃熱狗大賽」，小林樽雖然不
nián de　guójì　chī règǒu dàsài　　Xiǎolín Zūn suīrán bù

能　參加，可是他自己也在　比賽　場地　的　旁邊　吃
néng cānjiā　kěshì tā zìjǐ yě zài bǐsài chángdì de pángbiān chī

熱狗。最後他在10分　鐘　以內，吃了69支　熱狗。
règǒu　zuìhòu tā zài　fēnzhōng yǐnèi　　chīle　zhī règǒu

比那一年的　冠軍Joey Chestnut 還　多出了7支　呢！
bǐ nàyìnián de　guànjūn　　　　　hái　duōchūle zhī ne

(二)問題
wèntí

_____　1. 在10分鐘內，吃得最□的人，我們可以叫他「大胃王」。□應
　　　　　　該是什麼詞？
　　　　　　(A) 大
　　　　　　(B) 好
　　　　　　(C) 美
　　　　　　(D) 多

_____ 2. 小林樽一共得到了幾次「國際吃熱狗大賽」的冠軍？

　　(A) 1

　　(B) 5

　　(C) 6

　　(D) 12

_____ 3. 「我最喜歡吃□□」，「□□」不可以是哪個東西？

　　(A) 水果

　　(B) 汽水

　　(C) 熱狗

　　(D) 麵包

_____ 4. 哪一個是對的？

　　(A) 小林樽在2001年的比賽，吃了69支熱狗

　　(B) Joey Chestnut在2010年的比賽吃了76支熱狗

　　(C) 小林樽2007年輸給了Joey Chestnut

　　(D) 小林樽參加了2010年的「國際吃熱狗大賽」

_____ 5. 短文最想告訴你的是下面哪一件事情？

　　(A) 介紹日本的大胃王──小林樽

　　(B) 介紹Joey Chestnut是2007年「國際吃熱狗大賽」的冠軍

　　(C) 介紹「國際吃熱狗大賽」

　　(D) 介紹大胃王──Joey Chestnut

㈢生詞
shēngcí

	生詞	漢語拼音	文意解釋
1	日本	Rìběn	ญี่ปุ่น
2	答案	dáàn	คำตอบ
3	大胃王	dàwèiwáng	ราชากินจุ

	生詞	漢語拼音	文意解釋
4	美國	měiguó	ประเทศสหรัฐอเมริกา
5	紐約	Niǔyuē	นครนิวยอร์ก
6	舉辦	jǔbàn	จัด
7	國際吃熱狗大賽	guójì chī règǒu dàsài	การแข่งขันกิจฮอตดอกนานาชาติ
8	分鐘	fēnzhōng	นาที
9	以內	yǐnèi	ภายใน
10	支	zhī	ชิ้น อัน (ลักษณนาม)
11	之後	zhīhòu	หลังจากนั้น
12	得到	dédào	ได้รับ
13	冠軍	guànjūn	รางวัลชนะเลิศ
14	直到	zhídào	จนกระทั่ง
15	輸	shū	แพ้
16	為止	wéizhǐ	จนถึงปัจจุบัน
17	比賽	bǐsài	การแข่งขัน

解答

單元一　表單

一、通知

1.(C)　2.(A)　3.(C)　4.(D)　5.(D)

二、出租房子

1.(A)　2.(D)　3.(A)　4.(C)　5.(A)

三、商店徵人

1.(A)　2.(A)　3.(C)　4.(B)　5.(D)

四、標語

1.(D)　2.(C)　3.(D)　4.(C)　5.(A)

五、書店

1.(B)　2.(C)　3.(A)　4.(C)　5.(D)

六、高鐵

1.(A)　2.(A)　3.(A)　4.(B)　5.(A)

七、火鍋店

1.(A)　2.(C)　3.(D)　4.(C)　5.(B)

八、學生生活備忘錄

1.(C)　2.(A)　3.(C)　4.(D)　5.(B)

九、好美味餐廳

1.(B)　2.(D)　3.(A)　4.(C)　5.(B)

十、火車

1.(C)　2.(D)　3.(A)　4.(B)　5.(C)

單元二　對話

十一、全家人的照片

1.(B)　2.(C)　3.(C)　4.(A)　5.(D)

十二、在教室裡

1.(C)　2.(C)　3.(D)　4.(B)　5.(A)

十三、在餐廳裡

1.(D)　2.(B)　3.(A)　4.(C)　5.(C)

十四、司機和乘客

1.(A)　2.(C)　3.(B)　4.(C)　5.(D)

十五、電話留言

1.(B)　2.(D)　3.(A)　4.(C)　5.(B)

十六、飯後的活動

1.(D)　2.(C)　3.(A)　4.(A)　5.(C)

十七、上個週末做了什麼？

1.(B)　2.(D)　3.(C)　4.(A)　5.(C)

十八、白頭髮和成績

1.(A)　2.(D)　3.(B)　4.(D)　5.(B)

十九、問路

1.(B)　2.(B)　3.(A)　4.(D)　5.(A)

二十、酒後開車

1.(B)　2.(D)　3.(C)　4.(B)　5.(D)

單元三　短文

二十一、進步一名

1.(D)　2.(C)　3.(B)　4.(C)　5.(C)

二十二、媽媽的留言

1.(D)　2.(D)　3.(D)　4.(B)　5.(C)

二十三、老人與年輕人

1.(C)　2.(A)　3.(B)　4.(B)　5.(B)

二十四、感謝探望

1.(B)　2.(C)　3.(C)　4.(D)　5.(A)

二十五、常掉傘的羅先生

1.(C)　2.(D)　3.(B)　4.(B)　5.(C)

二十六、寄包裹

1.(D)　2.(D)　3.(B)　4.(C)　5.(A)

二十七、男孩與農夫

1.(D)　2.(D)　3.(A)　4.(A)　5.(C)

二十八、說謊比賽

1.(B)　2.(D)　3.(D)　4.(A)　5.(A)

二十九、買「東西」

1.(B)　2.(C)　3.(A)　4.(C)　5.(A)

三十、真話與假話

1.(A)　2.(A)　3.(A)　4.(C)　5.(D)

三十一、東西掉了

1.(A)　2.(C)　3.(D)　4.(B)　5.(B)

三十二、我的家庭

1.(C)　2.(D)　3.(B)　4.(A)　5.(C)

三十三、好好先生

1.(D)　2.(C)　3.(B)　4.(A)　5.(C)

三十四、臺北公車與捷運

1.(B)　2.(C)　3.(B)　4.(C)　5.(A)

三十五、履歷

1.(D)　2.(B)　3.(B)　4.(C)　5.(A)

三十六、鬼月禁忌

1.(A)　2.(C)　3.(D)　4.(B)　5.(D)

三十七、貓頭鷹蹲

1.(B)　2.(D)　3.(C)　4.(D)　5.(A)

三十八、台灣小朋友學英文

1.(C)　2.(D)　3.(B)　4.(D)　5.(A)

三十九、三人成虎

1.(A)　2.(A)　3.(B)　4.(D)　5.(B)

四十、嫦娥奔月

1.(C)　2.(B)　3.(D)　4.(A)　5.(B)

四十一、問候信

1.(D)　2.(B)　3.(A)　4.(C)　5.(B)

四十二、十二生肖

1.(C)　2.(B)　3.(A)　4.(D)　5.(C)

四十三、世界麵包冠軍—吳寶春

1.(D)　2.(B)　3.(C)　4.(D)　5.(C)

四十四、購物

1.(C)　2.(D)　3.(A)　4.(C)　5.(B)

四十五、筷子

1.(B)　2.(C)　3.(D)　4.(C)　5.(B)

四十六、情人節趣事

1.(C)　2.(D)　3.(A)　4.(B)　5.(A)

四十七、塞翁失馬

1.(D)　2.(B)　3.(B)　4.(A)　5.(C)

四十八、陳樹菊

1.(C)　2.(D)　3.(C)　4.(C)　5.(D)

四十九、許記生煎包

1.(A)　2.(C)　3.(C)　4.(C)　5.(D)

五十、大胃王小林樽

1.(D)　2.(B)　3.(B)　4.(C)　5.(A)

Note

國家圖書館出版品預行編目資料

華語文閱讀測驗—初級篇（泰語版）／楊琇惠
編著；林漢發譯. -- 初版. -- 臺北市：五
南, 2018.05
　　　面；　　公分.
ISBN 978-957-11-9669-5（平裝）
1.漢語 2.讀本
802.86　　　　　　　　107004447

1XCW　新住民／東南亞語系

華語文閱讀測驗
初級篇（泰語版）

編 著 者 — 楊琇惠(317.4)

譯　　者 — 林漢發

發 行 人 — 楊榮川

總 經 理 — 楊士清

副總編輯 — 黃惠娟

責任編輯 — 蔡佳伶

校對編輯 — 簡妙如

封面設計 — 姚孝慈

出 版 者 — 五南圖書出版股份有限公司

地　　址：106台北市大安區和平東路二段339號4樓

電　　話：(02)2705-5066　　傳　　真：(02)2706-6100

網　　址：http://www.wunan.com.tw

電子郵件：wunan@wunan.com.tw

劃撥帳號：01068953

戶　　名：五南圖書出版股份有限公司

法律顧問　林勝安律師事務所　林勝安律師

出版日期　2018年5月初版一刷

定　　價　新臺幣300元